정신건강의학과 의사의 사회문화 비평

히스테리 언론과 극장사회

미리 일러두기

* '히스테리적 성향'이라는 말은 '연기성 성향'과 같은 말이며, 이러한 성향이 심한 경우를 '히스테리성(연기성) 성격장애'라고 진단을 내림. 맥락에 따라 더 적절한 용어를 사용함. 과거에는 '연극성 인격장애'라는 말을 사용하였음.

* 이 책에서 다루는 '언론'이란 전통적인 신문과 공중파와 종편을 포함한 방송, 그리고 이를 편집하여 노출시키는 포털 사이트를 의미함. '뉴미디어'라는 개념에 속하는 유튜브와 개인 SNS 등은 본문에 일부 다루고 있음.

* 이 책에서 인용하는 신문 기사는 모두 온라인판을 기준으로 한 날짜임.

정신건강의학과 의사의 사회문화 비평

히스테리 언론과 극장사회

이동은 지음

행복한책읽기

차 례

들어가는 글

들어가는글

2020년 미국 46대 대통령 선거에서 부통령에는 민주당의 카멀라 해리스(Kamela Harris)가 당선되었다. 대통령 선거 캠페인 초기인 2019년 9월 5일 카멀라 해리스 후보는 미국 FOX 뉴스와 인터뷰를 했다. 그녀는 여기서 기후 재난에 대응하기 위해 미국인 음식 섭취 권고 기준에 육류 소비를 줄이는 것을 추진할 것이라고 이야기하였다. 목축업을 통한 동물의 메탄가스 대량 발생이 기후 위기의 한 요인이라는 것은 신뢰성이 높은 과학적 사실이다. 조 바이든 대통령이 미국 민주당의 대통령 후보로 지명되면서, 그녀가 FOX 뉴스와 인터뷰한 내용인 '미국인 음식 섭취 권고 기준에 육류 소비 감축' 공약은 채택되지 않았다.

그러나 미국 공화당과 FOX 뉴스는 대통령 선거 캠페인 시기와 이후에도 카멀라 해리슨의 이 뉴스 인터뷰를 근거로 향후 우리가 먹을 수 있는 고기의 양이 줄어들 것이라고 반복적으로 보도하였다. 나는 FOX 뉴스의 이런 식의 보도를 '추측과 바램에 기반한 뉴스'라는 말로 표현하고자 한다.

한국의 SBS 뉴스는 2021년 7월 19일 일본 요미우리신문의 한 내용을 인용, 보도하였다. 이 시기는 2020 도쿄 하계올림픽이 한참 진행이 될 때이다. 그 내용은 한국의 올림픽 대표단이 일본 후쿠시마산 농산물을 먹지 않고 한국에서 공수해 온 재료로 만든 식단을 운용한 것에 대한 것이다. 신문의 내용은 한국 대표단의 이러한 행동이 '후쿠시마 농민들의 마음을 짓밟는 일'이라는 것이었다.

이 보도를 처음 접하고 어리둥절하고 혼란스러운 감정과 더불어 여러 생각이 떠올랐다. 타국의 뉴스를 이런 식으로 인용해서 보도하는 것이 맞는가, 그리고 한국 올림픽 선수들이 왜 일본 후쿠시마 농민들의 마음을 고려해야 하는가 하는 등의 생각이었다. 어리둥절한 감정은 이후에도 계속 남아 있었다. 나는 이런 종류의 뉴스를 '감정에만 치우친 뉴스'라는 두 번째 말로 표현한다. 물론 이 신문의 한 막무가내식 뉴스가 2023년 있을 더 큰 사건의 밑자락이었다는 것은 미리 알지 못하였다.

이러한 두 가지 뉴스 보도 행태와 더불어 나는 두 가지 언론 보도 양태를 덧붙여 말하고자 한다. 세 번째는 '모호하고 피상적인 뉴스'이고 네 번째는 '자기중심적(self-centered)인 뉴스' 보도이다.

내가 이렇게 서로 관련이 없어 보이는 4가지 뉴스 양상에 주목하고, 이를 하나의 틀 안에 묶어 보려고 하는 것은 '히스테리적(hysterical, 연기성)인 뉴스'라는 하나의 현상을 설명하고 개념화해 보기 위해서이다.

한국 언론이 '품질이 낮고 편향된 정보와 뉴스'를 생산하고 있다는 문제 제기는 오래 전부터 있었다. 나는 품질이 낮은 뉴스를 다음과 같이 나눌 수 있다고 생각한다.

그것은 '가짜뉴스', '정보로서 가치가 부족한 뉴스', '일방적으로 편을 들어주는 태도와 뉴스', 그리고 마지막으로는 '히스테리적 뉴스'이다.

가짜뉴스와 정보로서 가치가 부족한 뉴스는 여기서 논할 필요는 없을 것이다. 일방적으로 편을 들어주는 태도와 뉴스도 대부분 일반 대중의 판단이 있다. 예를 들면 대표적인 보수신문인 조선일보가 보수적 내용과 극우적 주장의 뉴스를 선택적으로 생산, 보도하는 것이다. 그리고 2024년 2월 7일 KBS에서 보도된 윤석열 대통령의 신년 특별대담은 일방적으로 편을 들어주는 태도와 뉴스가 어떤 것인지 정확하게 보여주었다. 이른바 '조그마한 파우치'라는 말이 생동감 있게 다가온 대담이었다.

그러나 내가 이 책에서 제기하는 '히스테리성' 뉴스에 대해서는 사람들은 잘 알지 못한다. 대중들도 '히스테리'라는 말을 알고 가끔 사용도 하지만, 그것의 정확한 뜻을 알고 있지 않다. 히스테리라는 말은 단순히 '어떤 사람의 짜증스러운 말과 행동'을 의미하는 것이 아니다.

정신건강의학과에서는 쓰는 히스테리라는 말은 '감정성에 기반하여 일반적이지 않은 심리를 가지고 부적절한 행동을 지속하는 것'을 의미한다. 정신건강의학과에서는 오래되고 중요한 개념적 단어이다. 어떤 사람이 이러한 심리와 행동으로 사회생활의 영역까지 문제가 되는 경우를 우리는 '히스테리성(연기성) 성격장애'라고 진단한다. 여기서 중요한 것은 이러한 행태가 '지속적이고 완고하다'는 것이다.

사회적으로 정신건강의학과의 용어가 소개되고 대중에게 많이 쓰이는 것은, 그 사회의 불건강함의 표현과 같은 것이다. 사이코패스(psychopath)라는 말이 그렇고, 수년 전부터 대중적인 언어로 사용되고 있는 가스라이팅(gaslighting)이라는 말 역시 그러하다.

한 명의 사람뿐 아니라 집단, 조직도 일시적으로 히스테리적인 행동을 보일 수 있다. 사실에 기반하고 문제가 되는 사회 현실에 대한 단기적인 히스테리적인 행동은 정당하고 발전적일 수도 있다. 그러나 이러한 조직이나 집단에서 적용되는 히스테리라는 말은 대체적으로 부정적인 의미로 쓰인다.

현재 한국의 신문이나 방송에서 생산하고 있는 정보와 뉴스에서는 부정적인 의미의 히스테리적인 모습이 너무나 심대하고 사회적으로 악영향을 미치고 있다고 생각한다. 우리의 일상적인 개인의 생활양식이나 대인 관계, 조직, 사회에 이러한 히스테리적인 행동 양식이 모방, 학습되고 있지 않나 하는 것이다.

책의 후반부에는 이러한 모습을 '극장사회'라는 하나의 단어로 정리하여 서술하였다.

이 글은 문재인 정부의 후반기인 2019년부터 윤석열 정부 2024년 상반기까지 우리 언론의 보도 행태와 이에 반응한 사회, 문화 현상을 비평하고자 한 목적으로 쓰여졌다. 진보와 보수의 두 정부를 거치는 동안 히스테리적인 언론 보도 양상은 조금 바뀌기도 하였다.

　이 책의 전반부는 신문 기사나 방송 보도를 많이 인용하여 그 행태를 비판하는 식으로 서술되어 있다. 그러다보니, 인용한 여러 언론 보도들을 읽는 것이 조금 지루할 수도 있을 것이다. 이에 대해 미리 독자 여러분의 양해를 구한다. 그러나 인용한 보도들은 대부분 특정 시기에 사회적으로 이슈가 되었었기 때문에 이 보도 기사들은 가볍게 훑어보는 식으로 읽어도 괜찮을 것이다.

　여기서 제기하고 있는 '극장사회'라는 말은 대중적인 언어나 보편적인 학술용어로 사용되고 있는 말은 아니다. 하지만 히스테리 언론과 연관된 '극장사회'라는 규정은 우리 사회를 이해하는 데 유용한 개념으로 쓸 수 있을 것으로 생각한다. 이에 대해서는 책의 후반부에 다른 나라의 사례와 함께 중심적으로 다루고 있다.

제1장

연기성 성격장애란 무엇인가?

"선생님은 잘 모를 거예요.
남자들에게서 시선과 관심이
떨어져 나가는 것이 어떤 것인지.
정말 이런 느낌일 줄 몰랐어요."

- 32세 여성 환자 -

연기성 성격장애란 무엇인가?

(1) 연기성 성격장애의 진단과 특징

연기성 성격장애는 정신건강의학적으로, B군 성격장애에 속하는 4가지 중의 하나이다. B군 성격장애에는 연기성 성격장애 이외에 자기애적, 경계성, 반사회적 성격장애가 포함되어 있다.

연기성 성격장애의 주요한 특징은 과도한 감정 표출(emotionality)과 관심과 애정에 대한 갈망이 행동의 심리적 동기가 되어 한 사람 인격의 주요 부분을 차지하는 것이다.

이러한 성향이 있는 사람은 자신이나 타인, 인간관계, 세계가 이성적인 판단보다 감정으로 가득 차 있는 것처럼 느낀다. 또한 타인의 관심과 사랑에 대한 기대와 환상이 있으며, 이것이 자신에게 집중이 되도록 하는 것에 절대적인 노력을 한다. 이외에도 독특한 인지 양상을 가지고 있는데 이는 '구체성의 결여'라는 말로 정리할 수 있다.

이런 점들을 잘 연구하여 정리해 놓은 것이 바로 정신건강의학과에서 쓰는 진단기준이다. 현재 정신건강의학과에서는 미국에서 주로 쓰이고 있는 DSM-V 진단기준을 참고하여 임상 현장에서 활용하고 있다. 이 진단기준에 따른 책이 2015년에 『정신질환의 진단 및 통계 편람 제5판』이라는 이름으로 번역 출간되었다.

이 책은 연기성 성격장애의 진단을 다음과 같이 정의하고 있다. 보충 설명도 덧붙여 있는데, 특징적인 것은 과거 연기성 성격장애가 여성에서 비율이 더 높다고 알려진 것에 비해 최근에는 남성과 여성에서 이 장애의 유병률이 비슷하게 나타난다고 보고되고 있는 것이다.

<연기성 성격장애 진단기준>

과도한 감정성과 주의를 끄는 광범위한 형태로 이는 성인기 초기에 시작되며 여러 상황에서 나타나고 다음 중 5가지(또는 그 이상)로 나타난다

1. 자신이 중심에 있지 않는 상황을 불편해 함
2. 다른 사람과의 관계 행동이 자주 외모나 행동에서 부적절하게

성적, 유혹적 내지 자극적인 것으로 특징지어짐

3. 감정이 빠른 속도로 변화하고 피상적으로 표현됨

4. 자신에게 관심을 집중시키기 위해 지속적으로 외모를 사용함

5. 지나치게 인상적이고 세밀함이 결여된 형태의 언어 사용

6. 자기 극화, 연극성 그리고 과장된 감정의 표현을 보임

7. 피암시적임. 즉 다른 사람이나 상황에 의해 쉽게 영향을 받음

8. 실제보다 더 가까운 관계로 생각함

- 기간: 청소년기나 초기 성인기에 증상이 시작되어 오랫동안 지속됨

- 심리 사회적 영향: 사회적 역할이나 기능에서 문제를 보임

여기에서 환자들이 다른 사람들과 소통하는 인지의 특징적인 양상은 정신건강의학과의 정신분석 분야의 교과서처럼 쓰이는 Gabbard G. O.의 책 『임상 현장에서 정신역동적 정신의학』에서 비교적 자세히 설명되어 있다.

이 책은 연기성 성격장애 환자의 인지 방식의 특징을 "비교적 산만하고 구체적인 면이 현저히 결여하고 있으며, 전체적으로 모호하며 인상적인 면에만 집중되어 있다"고 기술하고 있다.

정신건강의학과 의사는 외래나 입원 병동에서 이러한 모습을 보이는 환자들을 자주 만나게 된다. 또한 지난 5년 동안 우리가 언론이나 포털 사이트에서 보았던 보도 기사와 흡사한 면이 많이 있다.

이러한 이유로 연기성 성격장애의 환자들은 이성적이며 구체적인 사건의 묘사와 이에 의한 논리적인 결론에 잘 도달하지 못한다. 중간에 감정적인 면이 많이 개입되며, 자신에 대한 절대적인 공감을 얻어 내고자 노력한다. 이러한 환자들과 대화를 나누는 일반 사람들은 주로 감정적인 느낌과 내용적 모호성만 남는 경우가 많다.

연기성 성격장애에서 '자기 극화(self-dramatization)'이라는 말이 나오는데, 이에 대해서는 설명이 필요할 것 같다. 환자는 자기 자신을 영화나 연극에서 나오는 주인공과 같은 사람으로 극화시키는 경향이 있다. 그 극장에서 자신이 하는 역할에 대한 '기대와 환상'이 있는 것이다. 비련의 여주인공, 능력은 있으나 운이 나쁜 실패자, 고난을 이겨내고 있는 영웅 같은 것으로 자신을 주인공으로 상상하는 것이다.

이것의 의미와 목적은 관심과 애정에 대한 충족 욕구를 채우기 위해서이다. 이러한 노력은 의식의 수준에도 일어나나 무의식의 영역에서 머무는 경우도 많다. 사회적으로 조금 알려진 현상으로는 '허언증', '리플리 증후군' 같은 것이 있다.

　여기까지 조금 어렵게 느껴질 수 있으므로 연기성 성격장애 환자의 심리적 구조를 도식으로 설명하면 조금 이해가 쉬울 것이다. 연기성 성격 성향의 가장 본질적인 부분은 과도한 감정성이 가장 밑바탕에 깔려 있고 관심과 애정에 대한 충족이 이들의 목표이다. 이를 매개하는 것이 자기중심성이며, 독특한 인지적 표현 특징이 있다.
　이러한 성격 구조는 아래와 같은 도식으로 설명할 수 있다.

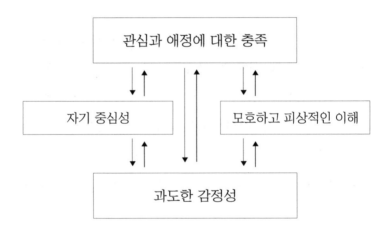

표1. 히스테리성 성격장애 증상에 대한 단순 도식화

물론 연기성 성격장애 환자들이 위와 같은 증상만 있는 것은 아니다. 타인에 대한 의존 욕구가 강하며, 피암시성 (suggestion)이 높다고 알려져 있다. 피암시성은 무의식적으로 타인의 의도와 요구에 맞추려는 경향을 말한다. 이러한 증상들의 목적은 타인으로부터 오는 관심과 애정에 대한 충족 욕구 때문이다. 이런 욕구가 충족되지 않았을 때, 쉽게 분노를 표출하기도 하지만, 깊은 좌절감을 느끼기도 한다.

또한 환자는 의식적이거나 무의식적으로 증상에 대처하기 위한 여러 심리적 방어기제를 사용한다. 이중에는 조종, 조작 (manipulation)과 부정(denial)이라는 방어기제가 있다. 조종, 조작은 요즈음 우리 사회에서 많이 쓰이는 가스라이팅이라는 말과 거의 일치한다. 과거부터 정신건강의학과에서는 많이 쓰는 용어였다. 이들은 주로 어떤 감정적 표현과 그에 따른 행동으로 타인을 조종, 조작하려고 노력한다. 물론 타인에 대한 조종의 방식이 이 사람들이 주로 하는 감정적인 방식만 있는 것은 아니다.

부정은 타인의 관심을 끌기 위한 극단적 노력이 실패했을 때 주로 나타나나, 스스로 인식하지 못하는 경우가 많다. 고

통스러운 감정을 피하기 위한 수단으로도 사용한다. 이러한 부정이 성공적이지 못하였을 때는 사실을 왜곡하거나 잘못 해석하는 방법으로 이러한 고통스러운 감정에 대처한다.

여기서 강조하고 싶은 한 가지가 있다. 그것은 감정이 주가 되는 행동을 모두 히스테리로 생각해서는 안 된다. 사실과 합리적인 이성에 기반한 적절한 감정 표현을 이렇게 간주해서는 안 된다는 것이다.

일반인과 다르게 연기성 성격장애 환자는 위와 같은 감정과 사고에 바탕이 되는 행동을 '지속적이고 완고하게' 한다. 타인들에게 어떤 지적이나 평가를 받아도 이 성격장애를 가진 사람의 행동 방식은 잘 바뀌지 않는다.

이것이 성격장애를 가진 환자가 사회 적응이 힘들고, 이상하게 느껴지는 이유이다. 그러므로 우리는 이러한 성격 경향은 하나의 스펙트럼으로 이해하고 있다. 일반인들, 이 책을 보고 있는 독자들도 어떤 상황이나 극심한 스트레스를 받았을 때 이러한 히스테리적인 행동을 보일 수 있다.

이러한 설명을 하여도 아마 일반인이 연기성 성격 성향을 가진 사람에 대한 이미지가 잘 그려지지 않을 것이다. 그래서 내가 직접 겪었던 사례 하나를 들어 이해도를 높이고자 한다. 이 분은 치료를 받을 정도로 심한 성격장애가 있지는 않으나 우리가 볼 수 있는 남성 연기성 성격 성향의 전형적인 행동 패턴을 보여 주는 사람이었다.

(2) 연기성 성격 성향의 사례

의과대학을 나오면 특별한 사정이 없는 경우, 군의관이 되거나 지방에서 공중보건의사로 약 3년 동안 일을 하게 된다. 내가 공중보건의사로 지내면서 서울에 있는 정부 보건의료 연구기관에 근무할 때가 있었는데 이때 만난 상사와의 일화를 이야기하고 싶다.

나는 전공의로 병원에 들어가기 전에 군 복무를 지원하여 군의관 대신 공중보건의사로 시골에서 3년 동안 근무를 하는 것으로 배정되었다. 전문의가 되기 전에 병역을 신청한 의과 대학 졸업자는 주로 보건소 산하의 면 단위 보건지소에서 근무한다. 약 1년을 면 단위 시골에서 의사로서 근무하는 것은 무척 즐거웠다. 그러나 1년이 지나서 개인적인 사정으로 서올 근처로 근무지를 옮기는 것이 필요했다.

그러던 중 서울의 보건복지부(이하 복지부) 산하 한 연구기관에 의사 자격증을 가진 요원을 뽑는다는 소식이 있어, 나는 이에 지원하였다. 당시나 지금이나 공중보건의사에게 서울은 최우선 선호 근무지였다. 그런데 이 복지부 산하 연구기관은 그다지 인기가 있는 보직이 아니었다. 의사로서 진료가 아니라 연구기관과 관련된 일을 해야 했기 때문이다. 일종의 전문 사무직과 같은 자리로 정식 연구원의 일을 보조하는 자리였다.

공보의 2년 차에 형식적인 전보 과정을 거쳐 그 연구기관에서 근무하였다. 역시 내가 뭔가를 할 수 있는 내용이나 권한이 없는 자리였다. 연구소에 있으면서 별다른 기여를 하지 못하고, 그냥 소일을 하면서 지내고 있었다. 다만 나는 직속 상사와는 이런 저런 이야기를 하며 친하게 지냈는데, 그 상사는 독특하게 재미있는 사람이었다. 나이 차이는 조금 있었다.

상사는 평소에 연구기관과 관계된 복지부 공무원이나 대학 교수들과 전화 통화를 많이 하였는데, 통화를 하는 동안에는 더 이상 친절하고 협조적일 수 없었다. 정말 자신의 간도 빼

줄 깃 같은 태도로 그들을 대하였다. 그러나 통화를 마치고 난 다음에는 우리에게 그 사람에 대한 욕을 1시간 정도 풀어놓는 사람이었다. 그 이유 없는 욕지거리를 어느 정도 견디면 되었고, 그래도 크게 나쁜 사람은 아니었다.

상사는 내가 졸업한 대학을 알고 있었으며, 나의 출생 지역과 아버지에 대한 대략의 정보도 이야기해 주면서 스스럼없이 지내고 있었다. 나의 부친은 지방 대도시의 한 고등학교의 선생님이었는데, 그곳에는 비슷한 이름의 대학교도 있었다.

그런데 하루는 복지부 산하의 국장급이 되는 인물이 우리 연구기관을 방문하였고 우리는 그와 같이 저녁 회식을 하는 자리를 가졌다. 나의 상사는 만면에 웃음을 띠면서 그 복지부 공무원에게 나를 소개하였는데 다음과 같이 나에 대해 설명하였다.

"이 친구는 젊지만, 의과대학을 일등으로 졸업하였어요. 대단하지요. 나름 포부가 있어서 우리 연구소에 지원을 하였대요. 그리고 부친이 있는데 지방 국립대학의 교수로 있다고 하네요. 글쎄… 일도 너무 잘 하고 우리 연구기관의 인재이죠. 허허."

나는 졸지에 우리 의과대학을 일등으로 졸업한 인재가 되었으며, 아버지는 지방 대학의 유명 교수로 이름을 날리는 사람으로 되었다. 그리고 나는 그 연구기관에 평생 뼈를 묻어야 할 사람이 되었다. 그렇게 유쾌했어야 할 회식이 끝이 났다.

그런데 약 2달이 지난 뒤에 그 상사는 진지한 얼굴로 나에게 물어보았다.

"그런데 아버지가 무슨 일을 하시는 분이라고 했더라?"

믿기지 않을 수도 있지만 실제로 있었던 일이다. 나는 이 상황을 어떻게 이해할지 몰라 순간 당황하면서 이후 여러 가지를 생각하였다. '이 사람은 도대체 뭐 하는 사람이지?'

나중에 그 상사는 모 대학의 교수로 가게 되었는데, 이후부터 연구소 생활은 조금 편하게 되었다.

그리고 그때 가졌던 의문은 나중에 정신건강의학과를 전공한 이후 그리 어렵지 않게 풀리었다. 정신건강의학과 전공의가 되면 2년차 때부터 성격장애 환자를 보게 된다. 나는 이때그 상사를 연기성 성격 성향이 있었던 사람으로 마음속으로 진단하였다. 대학 교수까지 할 정도면 사회생활에 결정적인 문제가 있지는 않아 성격장애로 진단내리기는 힘들다. 그 상사는 의사가 아니어서 의대 교수가 아니었다는 점에 지금도

진심으로 감사하고 있다. 당연히 이후에 연락을 취하지 않았는데, 아마 지금은 정년 퇴직을 하시지 않았을까 싶다.

(3) 히스테리성 성격장애에 대한 간단한 역사

연기성 성격장애를 이해하기 위해서는 먼저 히스테리아 (hysteria)라는 개념이 역사적으로 어떻게 변해왔는지 알아볼 필요가 있다. 히스테리아는 히스테리와 거의 동의어이긴 한데 조금 더 역사적, 고전적 의미를 가지므로 여기서는 이 용어를 잠깐 사용한다.

히스테리아는 보통 통제되지 않는 이상 감정의 심한 분출을 지칭하는 말이나, 감정이나 생각의 일시적인 과도한 몰입 상태로도 설명할 수 있다. 19세기까지는 여성 히스테리아는 이러한 정신적인 면뿐 아니라 진단이 필요한 신체적 질병으로 생각하기도 하였다.

이러한 생각의 밑바탕에는 여성은 정신 및 행동, 신체 구조에서 남성과는 다른 취약점이 있다는 편견에서 시작되었다. 그것은 여성이 스트레스가 심한 상황에서 남성과는 다른 성석인 구조로 인하여 이러한 이상 감정, 신체 반응이 나올 수 있다는 것이다.

알려져 있다시피 히스테리아는 고대 그리스 시대부터 있었던 말로 '여성의 자궁(uterus)'을 의미한다. 이러한 기관 때문에 오랫동안 여성에게만 생기는 질병의 한 종류라고 생각했다. 자궁의 위치와 상태의 일시적 불안정성이 여성에게 신체적, 정신적 형태의 증상으로 나타난다고 생각하였다.

고대 그리스의 의사 히포크라테스가 처음 이 현상에 대해 히스테리아로 명명을 하였으며, 이집트에서는 이러한 일시적인 불안정성을 가라앉히기 위해 약초 치료 같은 것을 시도하기도 하였다.

중세에서는 여성이 종교적인 죄악을 저질렀을 때 나타나는 악마의 현신과 같이 생각하여 주로 기도나 주술적 방법을 사용하기도 하였다. 중세 마녀사냥이 있었던 시기에는 이들의 감정적 행동이 마녀에 빙의된 것으로 여겨져 수난을 받기도 하였다.

이후 르네상스 시대가 지난 17세기까지 의학 발전의 한계로 인하여 의미 있는 개념적 변화가 있지는 않았다. 이러한 생각의 근본에는 위에서 언급한 남성에 대한 여성의 열등성을 반영하는 편견이 없어지지 않았던 이유 때문이다.

17세기 후반부터는 대뇌 신경계에 대한 이해가 높아지면 히스테리아에 대한 신경계 관련 가설이 제기되기도 하였다. 토마스 시덴함(Thomas Sydenham)은 이것은 신체 질환이라기보다 감정에 문제가 생긴 것이라는 견해와 더불어 신경계와 자궁과의 연결에 떨어지면서 생기는 것이라고 하였다.

다른 신경학자는 도시에서의 공기의 질과 히스테리아와 관련이 있어 남녀가 같이 걸릴 수 있으나, 여성이 남성보다 좀더 나태(laziness)하기 때문에 이 질환에 더 잘 걸린다는 견해를 보였다. 현재로서는 조금 이해하기 힘든 생각들이다.

20세기 초에는 정신과 의사 지그문트 프로이트(Sigmund Freud)와 신경과 의사 장 마틴 샤르코(Jean-Martin Charcot)의 연구에 의해서 신체적인 면보다는 어떤 성적, 사회적 억압과 관련된 정신질환으로 주로 연구되었다. 이들은 히스테리아가 유년기의 성적 학대나 어떤 종류의 억압(repression)에 의해 나타나는 현상으로 이해하였다. 또한 남성 히스테리아에 대한 사례 보고를 하여 이전까지 있었던 히스테리아 연구에서 여성에 대한 편견이 없어지기 시작하였다.

이들의 연구를 이어 다른 정신분석학자는 자신의 환자 연구를 통하여, 이들이 자해와 심한 죄책감, 정신적 상처(trauma)의 증상을 가지고 있으며 대부분 성적 억압을 가지고 있다고 보고하였다.

일반인도 잘 알고 있는 프로이트는 이 히스테리아에 대해서 더 많은 의견을 밝혔다. 불안신경증이 현재의 불안장애의 형태로 진단적인 구분이 되기 시작하였음에도 불구하고, 히스테리아와 관련이 있다는 견해를 유지하였다. 히스테리아가 불안과 관련된 어떤 현상이라고 이해한 것이다.

여기서 히스테리아 증상은 불안을 내포하고 있다는 인식은 중요한 것이므로 기억을 해 두었으면 한다. 신체 질환으로부터 개념을 구분시키는 데에도 일조하였다.

20세기 들어와서는 기술 정신의학(discriptive psychiatry)이 발전하고 통계학이 발전하면서 이전에 히스테리아가 가진 개념적 모호성은 내용이 나뉘면서 여러 다른 질환들로 구분되었다. 먼저 20세기 중반이 되어 히스테리아라는 진단에서 우울장애와 불안장애와 같은 질환으로 일부가 분리되어 나갔다. 신체화 장애, 전환 장애라는 진단도 새롭게 생겨나면서, 히스테리아에 같이 포함되었던 신체적 증상에 대한 진단적 고려가 없어졌다.

연구가 진행되면서 히스테리아는 간질, 연기성 성격장애, 전환 장애, 망각 장애 등으로 구분되면서 역사적으로 더 이상 쓰이지 않는 개념이 되었다. 진단적으로도 1980년 DSM-Ⅲ 이후부터는 쓰이지 않게 되었다. 그러나 아직 이들 질환과 동반하여 나타날 확률은 높다고 알려져 있다.

21세기 현재, 이제 히스테리아라는 말은 신경질적인 감정 상태와 같은 일상 용어로 사용하고 있다. 그러나 과거 히스테리아의 개념을 현대적으로 가장 잘 담아 내고 있는 것은 연기성 성격장애이다.

여기서 나는 '히스테리'라는 말을 '감정의 과잉'이나 '이상 감정'과 같은 의미로도 종종 사용할 것이다.

한국에서 언론을 직업으로 가진 사람들은 오랫동안 '기레기'라는 다른 이름으로 살아왔다. 이미 사회적 문제를 일으키고 있는 비정상적인 상태이다. 그리고 이들에 의한 히스테리적 보도 행태도 지난 수년 간 정말 지속적이고 완고하였다.

이에 대한 심리적 분석이 필요한 상태이며, 이를 지적하는 개념적 진단, 사회적 언어가 필요하다고 느낀다.

그러면 한 개인에서 나타나는 연기성 성격 성향이 한국 언론의 뉴스 보도 행태에 어떻게 적용할 수 있는지, 어떤 유사성이 있는지 알아본다.

제2장

한국의 언론 보도는
연기성 성격장애와 닮아 있다

"절대적 리얼리즘이라는 것은 없다.
상상과 현실은 경계가 너무 모호하기 때문이다."

- 페데리코 펠리니 -

한국의 언론 보도는
연기성 성격장애와 닮아 있다

(1) 한국 언론 보도 행태와 연기성 성격장애와의 유사성

　신문이나 방송, 이들의 보도 내용을 선별하여 나열하는 포털 사이트는 우리 한국 사회에 엄청난 영향을 미친다. 특히 최근 5년 간 포털 사이트의 언론으로 기능은 실로 거대해졌으며, 독점적 포털 사이트 편집자와 그 방식은 우리 사회 국민의 여론에 심대한 영향을 주고 있다. 그래서 우리 시민과 사회는 그동안 포털 사이트에 대해 그들이 가진 힘에 맞는 보도 윤리를 가지도록 요구해 왔다. 그러나 포털 사이트는 자신들이 뉴스 생산자가 아니고 뉴스의 취사, 선택 과정은 객관성을 가지고 있다고 주장하고 있다.

　그러나 앞에서 인용한, 유명한 이탈리아 영화감독 페데리코 펠리니의 말처럼, 현실에서 진실은 그 경계가 너무 모호하여 환상과 거짓 등과 많이 섞여 있다. 뉴스를 어떻게 생산, 표현하느냐에 따라 진실, 부분적 사실, 바램을 포함한 뉴스가 될 수 있고, 거짓이 될 수 있다.

언론의 특성상 뉴스와 정보를 생산하면서 여기서 이야기하는 히스테리성 뉴스를 보도할 수 있다고 생각한다. 그것은 언론이 사회 현실에 대한 과학적 엄밀성을 추구하는 작업이 아니기 때문이다. 그러나 유일한 뉴스 생산자로서 현실에 가장 가까운 진실을 보도해야 하는 의무는 있다.

그러나 지난 약 5년 정도의 우리 언론은 진실을 외면한 부분적 사실에 기반하거나 추측, 바램을 바탕으로 한 뉴스를 너무 많이 보도하였다. 주로 이러한 기사는 '의혹' '추정'이라는 말을 달고 내용이 그럴듯하게 만들어진다. 때로는 기사를 읽으면서 바로 알 수 있는 거짓 뉴스도 스스럼 없이 생산하고 있다. 그리고 이러한 언론 보도의 많은 부분은 연기성 성격장애 환자의 감정 표현과 행동 양상과 닮아 있다.

여기서 나는 연기성 성격장애 진단기준에서 지나치게 개인적으로 해석되는 심리적 상태나 행동을 제외하고, 사회적인 영역에서 적용이 가능한 내용을 정해 보았다. 그리고 과감하게 이를 한국의 언론이나 포털 사이트의 보도 행태에 차용할 수 있는 내용으로 간추려 보았다.

<연기성 성격장애 진단 기준>

과도한 감정성과 주의를 끄는 광범위한 형태로 이는 성인기 초기에 시작되며 여러 상황에서 나타나고 다음 중 5가지(또는 그 이상)로 나타난다.

1. 자신이 중심에 있지 않는 상황을 불편해 함

2. 다른 사람과의 관계 행동이 자주 외모나 행동에서 부적절하게 성적, 유혹적 내지 자극적인 것으로 특징지어짐

3. 감정이 빠른 속도로 변화하고 피상적으로 표현됨

4. 자신에게 관심을 집중시키기 위해 지속적으로 외모를 사용함

5. 지나치게 인상적이고 세밀함이 결여된 형태의 언어 사용

6. 자기 극화, 연극성 그리고 과장된 감정의 표현을 보임

7. 피암시적임. 즉 다른 사람이나 상황에 의해 쉽게 영향을 받음

8. 실제보다 더 가까운 관계로 생각함

- 기간: 청소년기나 초기 성인기에 증상이 시작되어 오랫동안 지속됨

- 심리 사회적 영향: 사회적 역할이나 기능에서 문제를 보임

진단기준 중에서 언론 보도라는 사회적 활동에 적용하기 힘든 것은 진단기준 중 2,4,7,8번의 내용이다. 나머지 1번은 자기중심성, 3번은 지나친 감정성, 5번은 모호하고 피상적인 표현, 6번은 극적인 과장과 추측과 같은 형태로 표현할 수 있다.

　　5번은 이 연기성 성격장애를 가진 환자의 인지적인 부분인데 1장에서 한 번 언급을 하였으나 추가적으로 한 번 더 자세히 설명해 보고자 한다.

　　『정신질환의 진단 및 통계 편람 제5판』의 728페이지에는 "극적인 재능으로 확고한 의견을 이야기하지만, 기저의 논리는 모호하고 산만하며 뒷받침할만한 사실이나 정보가 없다"고 기술되어 있다 지난 4-5년 간 우리 언론에서 나온 여러 보도 기사들의 특징을 지적하는 느낌이다.

　　6번의 자기 극화에 대해서는 조금 더 설명이 필요할 것으로 생각한다. 앞서 연기성 성격장애 환자는 스스로를 영화나 극장에서 나오는 배우와 같은 사람으로 극화하는 경향이 있다고 설명하였다. 자신을 영화의 주인공처럼 무엇인가 대단한 역할이 하는 사람처럼 여기는 것이다.

　　물론 좀 더 가벼운 역할도 있다. 예를 들면, 시어머니의 구

박을 힘들게 견디는 며느리와 같은 것도 있다. 그러나 실제
그 환자의 가족 이야기를 들어 보면 진실은 정반대인 경우가
많다. 가족들은 연기성 성격장애를 가진 환자의 감정과 행동
에 맞추어 주기 위해 분투한다. 또는 환자의 이러한 행동에
지쳐서 관계를 단절하는 경우도 있다.

나는 여기서 '자기 극화'를 한국 언론의 보도 행태에 조금
변주시켜서 적용해 보고자 한다. 그것은 신문이나 방송사가
'자신의 추측이나 바램, 공상에 기반한 뉴스'를 보도하는 것
에 비유하는 것이다. 이것은 언론사가 그 신문이나 방송사가
지향하는 바와 이익에 부응하는 기사를 의식적, 무의식적으
로 생산하는 것을 의미한다.

현재 한국 언론은 자신의 추측이나 바램에 기반한 뉴스와
이야기를 너무나 많이 생산해 낸다. 이를테면 한 신문사가 미
담을 이용한 기사를 통해서 '이번 선거에서 특정인을 스타로
만들어 낼 것이다' 식의 계획을 세우고 뉴스를 생산한다. 근
거가 있으면 좋은데, 히스테리성 뉴스는 별다른 근거가 없는
것이 문제이다.

나는 이러한 언론의 보도 행태를 '추측과 바램, 공상에 기반
한 뉴스'라고 표현한다. 이러한 역할을 환상하는 개인이나 히

스테리 뉴스들은 단기간은 그럴듯하게 보인다.

한국 언론의 히스테리성 뉴스 보도 행태를 4가지의 하위 범주로 나누고 그 관계를 아래의 도식으로 설명하고자 한다. 1장에서 표현한 연기성 성격장애를 가진 개인에 대한 도식과 매우 흡사하다.

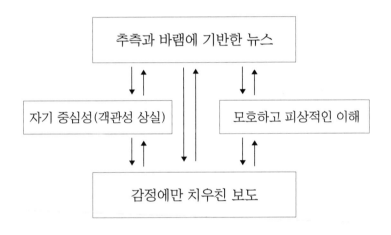

표2. 히스테리성 언론 보도 행태에 대한 단순 도식화

이러한 언론 보도 행태를 나는 '히스테리성 뉴스'라고 표현하였지만, 엄밀한 의미에서는 다른 용어를 써도 무방할 것이다. 뉴스 자체가 근거가 부족하고 감정적이며 구체적인 내용적 완결성을 가지고 있지 않기 때문에 '불완전 뉴스'라거나,

'H-type 뉴스'와 같은 이름으로 불러도 괜찮을 것이다.

이런 모든 것은 진실을 보도해야 하는 뉴스, 부패한 권력을 비판하는 뉴스, 기득권의 불의를 고발하는 뉴스, 사회적 약자를 보호하는 뉴스 등 방송와 신문에 대해 우리 사회가 오랫동안 가져왔던 공동체의 기대에 반하는 것이다.

다음은 상기 도식에 나온 하위 범주들이 서로 어떻게 영향을 받는지에 대해 이야기해 본다.

(2) 히스테리성 뉴스 하위 범주의 상호작용

신문과 방송, 포털사이트에서 뉴스를 쓸 때, 처음부터 감정이 섞여 있는 방식으로 내용을 쓰는 경우가 있기는 하다. 그러나 보통 신문이나 방송에서는 처음에는 의혹 보도라는 형식으로 이의 내용을 보도한다. 이런 의혹 보도는 추측이나 바램, 공상에 근거한 것인데 처음에는 일반 대중에게 의심, 불안이라는 감정이 들게 한다.

신문이나 방송에 나올 정도이면 일반인들에게는 잘 알려져 있고 하나의 본보기가 될 수 있는 사람인데, 그 사람에 대한 불신의 감정이 생기는 것이다. 처음에는 보도를 보고 내용을 부정하는 사람도 반복적으로 그 의혹을 제기하면, 어떤 사회적 권위를 가진 사람도 문제가 있는 사람으로 만들 수 있다. 그 유명인을 믿었던 사람들에게 위선자라는 느낌을 들게 만들며, 분노라는 감정을 생기게 하는 것이다. 그리고 그 보도를 뒷받침하는 사실의 일부라도 근거가 나오면 그 사람이 가진 사회적 권위를 무너뜨릴 수 있다.

이것이 위에서 언급한 '추측과 바램, 공상에 기반한 뉴스'와 '감정에만 치우친 보도'가 상호 작용하는 방식이다. 처음에 간단한 추측과 바램에 기반한 뉴스가 커다란 감정을 불러일으키는 마법을 일으키는 것이다.

또한 '감정에만 치우친 보도'를 하면 전체적인 진실이나 객관적으로 볼 수 있는 시선 또한 없어지게 된다. 반대로 사람의 감정만을 건드리는 '모호하고 피상적인 정보'에 의해서 사람들은 흥분하게 되며, 그 감정은 사람을 한순간 지배할 수 있다.

사회적으로 역할을 하는 집단도 마찬가지이다. 그 집단의 권위를 훼손시키기 위한 가장 좋은 방법은 집단의 사소한 문제를 찾아내어 의혹을 제기하고 감정적인 방식으로 문제를 키우는 것이다. 지난 5년 간 몇몇 사회적으로 의미가 있었던 시민단체들이 이러한 공격에 의해서 권위가 많이 훼손당했다.

이렇게 4가지 하위 범주에 해당되는 정보와 뉴스는 서로 상호 작용을 하면서, 히스테리적으로 사회적 이슈를 만들고 중심에 설 수 있었다.

이 4가지 하위 범주들의 상호 작용은 당연하게도 연기성 성격장애 환자 개인의 행동 양상과 완전히 일치하지는 않는다. 그러나 전체적으로 볼 때, 현재 한국 신문과 방송에서 생산하고 이를 실어 나르는 포털 사이트의 뉴스에서 이러한 히스테리적 모습의 유사성을 발견하게 된다.

그것의 핵심은 '지나친 감정성'과 '추측과 바램, 공상에 기반한 뉴스'이다.

다음 장에서는 히스테리 뉴스 보도를 통하여 어떻게 사회적 분위기가 변화하고 대중의 감정, 생각에 영향을 미쳤는지 살펴보자.

제3장

히스테리 언론 보도의 여러 행태들

"풀이 가득 덮힌 기름진 땅이 나온다길래
죽을동 살동 왔는데
여긴 아무 것도 없잖어
푸석한 모래밖에는 없잖어
풀은 한 포기도 없잖어."

- 장기하와 얼굴들 -

히스테리 언론 보도의 여러 행태들

언론이 히스테리적으로 뉴스를 양산한다는 이야기를 처음 제기하였기 때문에 이에 대한 설명을 명확히 하고 넘어가고 싶다. 내가 히스테리적 뉴스라고 표현하는 것에는 두 가지 조건이 있어야 한다.

첫 번째는 뉴스의 내용이 전체적 진실을 담고 있지 못한 것, 두번째는 지속적이고 변화 가능성이 거의 없는 것이다. 다른 사실이나 보충 증거들이 나와도 이런 언론들은 의견을 바꿀 생각이 없다. 그런 의미에서 완고하고 편향적이다.

지난 5년 간 신문이나 방송에서 보도한 내용 중, 사회적으로 기억에 남을 만한 기사들이 어떻게 히스테리적 방식으로 보도하였는지 예를 들어보려고 한다.

우선, 4가지의 하위 범주로 나누어 3개의 보도를 정리하였고, 이러한 언론 보도의 히스테리적인 모습을 지적하려고 한다. 히스테리 뉴스의 특성상 단지 하나의 하위 범주에만 포함되는 것은 없으며, 다른 하위 범주에도 포함된다. 가장 근접한 범주에 있는 부분에 뉴스를 포함시켰다.

또한 개인의 정치적 성향에 따라서도 다르게 이해될 수 있으나 여기서 민주적이고 상식적인 시민 의식에 맞는 뉴스를 뽑아내려고 노력하였다. 긴 내용의 뉴스는 짧게 간추려서 내용을 정리하였고, 뉴스에 대한 평가와 더불어, 필요하면 정신건강의학과 의사로서 견해를 제시하였다.

(1) 감정에만 치우치는 뉴스

<보도 1>

한강변 대학생 실족 사망사건 (2021-05-03자 일간기사 종합)

서울 한강공원 근처에서 3월 25일 술을 마신 후 실종됐다가 5일 만에 시신으로 발견된 대학생 A(22)씨 사망 원인을 두고 각종 추측이 난무하고 있는 가운데, 경찰이 실종 현장 인근에서 CCTV에 포착된 남성 3명의 신원을 특정해 이미 조사를 마친 것으로 파악됐다.

지난 4월 3일 서울 서초경찰서에 따르면, 실종 때까지의 A씨 행적을 수사하고 있는 경찰은 사건 발생 당일 오전 4시 30분 경 찍힌 것으로 추정되는 근처에 설치된 CCTV 속 남성 3명을 찾아냈다. 경찰 관계자는 "이 3명은 모두 10대이며, 자기들끼리 장난치고 뛰어 노는 장면이 찍힌 것이지 A씨 죽음과는 무관한 것으로 결론이 났다"고 전했다.

한편 경찰은 A씨 실종 직전까지 함께 있던 친구도 조사할 방침인 것으로 알려졌다. 경찰 관계자는 친구가 A씨와 함께 있을 당시 신었던 신발을 버렸다는 것에 대해 "아직 친구는 조사하지 않아서 만나본 적이 없어서 뭐라고 말할 수 있는 것이 없다"고 말했다. A씨 아버지는 아들의 사망 원인을 밝혀 달라고 거듭 호소하고 있다. 특히 A씨 친구가 당일 신고 있던 신발을 버린 점에 의구심을 표하기도 했다. 함께 있던 친구는 25일 새벽 3시 30분 정도에 자신의 부모와 통화에서 A씨가 취해 잠들었는데 깨울 수가 없다는 취지로 이야기한 것으로 전해졌다. 친구는 통화 후 다시 잠이 들었다가 1시간 뒤 일어났고 A씨가 먼저 갔다고 생각해 노트북과 휴대전화를 챙겨 집으로 향했다고 한다. 오전 4시 30분에 반포나들목 CCTV에는 친구가 공원을 나오는 모습이 포착됐지만 A씨의 모습은 찍히지 않았다. A씨의 시신은 지난 3월 30일 오후 3시 50분경 실종 장소인 반포한강공원 수상택시 승강장 부근에서 발견됐다. A씨는 실종 당시 입었던 옷차림과 똑같았던 것으로 전해졌다.

이 사건은 서울 도심 한복판에서 사람이 실종된 것에 대한 불안과 이에 대한 경찰의 수사가 부실하지 않은가에 대한 불신으로 인하여 관심이 집중된 뉴스이다. 그러나 사건 자체의 내용에 비하여 사회적으로 너무나 많은 감정적 에너지를 소비하였다고 생각되는 뉴스이다.

기자협회보는 이 사건에 대한 첫 보도가 나온 4월 28일부터 5월 10일까지 네이버에 나온 관련 기사량이 2458건이었다고 하였다. 그 기사의 내용은 중앙일보의 〈"ㅇㅇ아 살아만 있어줘" 한강 실종 의대생 마지막 영상(4월 29일)〉 MBC의 〈한강공원에서 실종된 의대생 아버지의 애끓는 호소(4월 29일)〉와 같은 감정적인 면에 호소하는 것이 많다가, 이후에는 채널A의 〈한강 실종 대학생 쫓기고 있었나?(5월 2일)〉와 같은 추측 기사가 많아졌다.

많은 유튜버도 이 사건에 뛰어들어 영상을 찍으며 범인 찾기에 나서는 모습도 보였다. 시민단체인 자유언론실천재단(2021년 이사장: 이부영)은 나중에 위와 같은 언론의 보도 행태를 지적하면서, 한국 언론의 문제를 총제적으로 보여 준 일이라고 언급하기도 하였다.

국립과학수사원은 5월 13일에는 신체 부검의 결과를 발표하였고, 25일에는 사망한 A씨의 양말에 있는 흙과 한강변에서부터 10m 지점에 있는 토양의 성분이 거의 동일하다는 점을 근거로 최종적으로 익사라고 결론지었다. 이후 경찰도 문제 제기된 A씨 친구에 대한 혐의점이나 다른 가능성은 없는 것으로 결론지었다.

처음에 이 사건을 보았을 때 정신건강의학과 의사의 생각으로는 이해하기 어려운 상황은 아니었다. 술에 취한 상태에서는 여러 가지 의식의 변화가 일어난다. 이중에 일반인들이 가장 많은 겪는 현상이 '블랙 아웃(black-out)'이다. 술이 많이 취한 상태에서 망각이 생기는 것이다. 이것은 일반적으로 사람들이 술을 많이 마신 이후 자신이 시간, 장소, 상황에 맞게 이야기와 행동을 잘하였으나, 다음날 그 자신이 기억을 하지 못하는 현상을 의미한다. 기억만 나지 않을 뿐 술을 먹은 상태에서 상황에 대한 대응이나 장소에 대한 판단 등이 평상시 행동의 범주에는 크게 벗어나지 않는다. 보통은 주위 사람들이 눈치를 채지 못하는 경우가 많다. 블랙 아웃이 생긴 본인만 다음날 아침 기억이 나지 않는 상태에서 어떤 잘못된 행동을 하지 않았을까 불안해 하는 경우이다.

그러나 이와 비슷하나 문제가 될 수 있는 상황이 알코올에 의한 '섬망(delirium)'이다. 이 상태에서는 시간, 장소, 사람에

48

대한 지남력을 잊어버리고 행동을 하게 된다. 주로는 알코올 의존 환자가 술을 끊었을 때 나타나나, 알코올 자체에 의해서도 나타난다. 섬망은 일종의 혼동 상태이기 때문에, 위험한 사고가 발생할 수 있다. 흔한 현상은 아니며 술을 과다하게 마신 이후 일부 사람에게만 볼 수 있는 현상이다.

아마도 A씨는 그 시간에 단순히 블랙 아웃이 아닌 술에 의한 섬망 상태에 빠진 것이 아닌가 의심된다. 그리고 장소가 하필이면 한강변이어서 비극적인 사고가 발생한 것이다. 어쨌든 안타까운 일이며 가족들에게는 큰 상처가 된 사건일 것이다. 그러나 많은 유튜버가 이 사건에 뛰어들어 불안을 조성하고, 지상파에서는 지속적으로 의혹을 제기할 만한 것은 아니었다. 별로 근거도 없었는데 왜 그렇게 많은 사람이 가해자를 찾으려고 흥분하고 불안을 조성하였는지 지금도 이해할 수 없다.

<보도 2>

AZ 맞은 前태권도 세계챔피언 다리 절단 (중앙일보, 2021-05-09)

태권도 세계 챔피언이었던 50대 남성이 아스트라제네카(AZ, astrazeneca)의 신종 코로나 바이러스 감염증(코로나-19) 백신을 접종한 뒤 세균 감염으로 다리를 절단했다고 영국 데일리스타 등이 7일(현지 시간) 보도했다. 매체에 따르면 1984년 세계 무술 선수권 대회에서 태권도 부문 챔피언에 오른 영국인 데이브 미어스(58)는 지난 3월 5일 갑자기 독감과 같은 증상을 보이며 심한 고열에 시달리다 알 수 없는 세균의 감염으로 결국 다리를 절단했다.

미어스가 고열은 아스트라제네카 백신을 맞은 지 불과 몇 시간 후에 시작됐다고 한다. 고열 등 독감 증상은 한달이 지나서도 호전되지 않았다. 그러다가 갑자기 왼쪽 다리가 부어오르기 시작했고 좀처럼 낫지 않아 결국 지난달 10일 입원했다. 무릎 아래까지 세균으로 인한 염증이 번졌다. 의료진은 결국 그의 다리를 절단하는 수밖에 없다고 했다.

미어스는 "내가 백신을 접종하자마자 몇 주 동안 아프기 시작한 것은 이상한 일"이라며 "증상은 끔찍한 고열과 함께 시작했는데 4월 10일과 12일에 부어오른 다리가 그야말로 폭발했다. 피가 사방에 튀었다"고 말했다. 그러면서 "의사들은 내 증상이 백신과 연관성이 있다는 걸 증명하기 힘들다고 말하지만, 나는 연관성이 있다고 생각한다"고 호소했다.

미어스는 아스트라제네카 백신 2차 접종을 미룬 상태다. 그는 오는 12월까지 왼쪽 다리에 의족을 착용할 예정이다. 미어스는 지난

1984년 세계 누술 선수권 대회에서 태권도 부문 챔피언에 오른 후 태권도 코치 등으로 활동했다. 그가 다리를 절단했다는 소식이 전해진 뒤 그를 돕기 위한 크라우드 펀딩이 시작됐고 4150파운드(한화 약 650만원)가 모였다.

현재는 잊혀지고 있지만 2019년 말부터 2022년 중반까지는 Covid-19, 즉 세계적 코로나 팬데믹의 기간이었다. 이전에도 감염병의 위험에 노출되기는 하였으나, 이때와 같이 전 국민의 생활과 사회에 영향을 미친 적이 없었다. 코로나 바이러스 감염에 대한 두려움만큼 불안이 사회를 지배하였고, 문재인 정부는 이를 통제하기 위해 최선의 노력을 다하였다. 그러나 실제로 이에 대한 불안과 공포는 신문과 방송, SNS와 같은 언론에 의해 너무나 심하게 증폭이 되고 왜곡된 것이 많았다. 현재는 생각하고 언급하기도 싫은 가짜뉴스와 히스테리성 뉴스가 포털 사이트를 연일 도배되었고 주변 SNS를 통해 여기저기로 퍼져나갔다.

어떤 날은 이러한 정보에 대해서 조금 자세히 살펴보고자 주요 포털 사이트에 있는 코로나 바이러스 감염 관련 뉴스를 모두 검색해 본 적이 있다. 그런데 의대에서 생화학 및 면역

학 수업 정도만 들은 나와 같은 일반 의사가 보기에도 20개 이상의 주요 언론의 보도가 모두가 거짓 정보이었다.

모임 수준이 완화되어 만난 의사 친구 한 명은 "지금은 중세에 흑사병이 나돌아다니던 시대와 조금도 다르지 않다"며 개탄하기도 하였다. 나중에 백신이 개발되고 난 다음에는 그 불안과 불만은 다른 양상으로 전개되었다.

위의 뉴스는 딱 그 시기에 영국에서도 중요도가 거의 없는 한 언론 기사를 인용하여 우리 정부의 백신 접종 정책을 은근히 비판한 내용이다. 환자는 아마 기저 질환이 심하게 있는 상태에서 백신에 의해 면역 체계에 손상을 주었을 가능성이 있기는 하다. 코로나 백신 접종과는 인과 관계가 거의 없다는 것도 스스로 인정하는 보도였다. 그리고 이 정도의 내용이면 영국의 주요 일간지에서 다룰 만도 한데, 영국의 주요 일간지에는 이 뉴스 자체가 언급되지 않았다.

환자의 사진도 위의 기사와 같이 송고되었는데, 환자의 모습은 중증의 다른 질환을 가진 모습이었다. 이러한 환자는 백신에 의해서보다는 코로나 감염 자체에 의해 사망의 위험이 높아 적극적인 백신 접종 대상이었다.

한국에서 중요한 영향을 미치는 일간지에서 언급할 정도의 내용은 아니었으며, 그냥 아스라제네카 회사 백신 접종의 불안과 공포를 자극하는 최악의 뉴스이었다. 이 정도 영향력을 가진 신문에는 의학전문기자가 있다고 알고 있는데, 그런 사람의 견해는 별로 중요한 일은 아니었고, 의견 청취를 하지 않았을 가능성이 높다.

이런 언론의 모습이 내가 이 책을 쓰고자 결심을 하게 된 이유 중의 하나이다.

<보도 3>

"형 어떻게 이래" 김성태 격정 토로… 이화영은 눈만 껌벅 (단독, 중앙일보 기사 요약, 2023-02-25)

800만 달러+α를 북한에 건넸다는 김성태 전 쌍방울 회장과 이재명 당시 경기도지사를 대신해 대북 송금을 김 전 회장에게 요청했다는 의혹을 받는 이화영 전 경기도 평화부지사의 진실게임이 점입가경이다. 검사를 앞에 두고 수원지검 조사실 안에서 벌어지는 일이다.

800만 달러 불법 대북 송금 의혹의 핵심 인물로 8개월 동안 해외 도피 생활을 이어왔던 김성태 전 회장이 지난달 17일 인천국제공항 제1여객터미널로 귀국했다.

25일 중앙일보 취재를 종합하면 지난 22일 오후 3시 이뤄진 두 번째 대질 심문에서 김 전 회장은 "과정이야 어찌됐든 (대북 송금은) 나라를 위해 한 일 아니냐. 말 못 할 것이 뭐가 있느냐"는 취지로 이 전 부지사를 설득했다고 한다. 지난 15일 1차 대질조사에서 김 전 회장은 "쌍방울의 대북송금은 모르는 일"이라는 이 전 부지사의 모르쇠에 분통을 터뜨렸지만 이 날은 비교적 차분하게 설득에 나섰다는 것이다. 이날 김 전 회장은 "형님, 잘 생각해보라", "내 주변 사람들이 다 구속됐다. 우리 오랜 인연 아니냐"는 등 인정에 호소하기까지 했다고 한다.

그러나 1시간 가량 이어진 2차 대질에서도 이 전 부지사는 모르쇠 전략을 접지 않았다. 대신 임플란트 치아가 빠지는 등 심한 치통을 느낀다고 호소해 대질 상황을 예정보다 일찍 벗어났다. "아무래도 김 전 회장이 (스마트팜 사업비 500만 달러 대납 요구 등에 관한) 많은 증거를 가지고 있으니 이 전 부지사가 부담을 느끼는 눈치였다"것이 대질 상황을 전해 들은 김 전 회장 주변 인사들의 말이다.

2018년 10월 25일 이화영 당시 경시도 평화부지사는 방북 결과를 발표하였다. 그는 당시 "조선아시아태평양평화위원회의 초청으로 북한을 방문해 조선아태평화위원회 김성혜 실장을 비롯한 북측 고위관계자와 남북교류협력 사업에 대해 구체적이고 세부적인 논의를 진행했다." 1차 대질 조사는 김 전 회장의 격정 토로의 장이었다. 첫 대면하는 순간에는 "웃지 마라", "쳐다보지 말라"며 이 전 부지사에게 날을 세우기도 했지만 조사가 시작되자 "내가 어제 이 런저런 생각 때문에 참 많이 울었다"는 등 신세를 한탄하기도 했다 고 한다. 2019년 모친상을 당한 김 전 회장은 홀로된 부친과 함께 조사받는 친동생 이야기도 꺼냈다. 그러면서 김 전 회장은 "20년을 알고 지냈는데 형이 어떻게 나한테 이럴 수가 있느냐"며 "우리 쪽 사람 10명이 넘게 구속됐고, 회사도 망하게 생겼다. 우리 식구들은 살아야 하지 않느냐"고 호소했다. 그러다가 "나 (감옥에) 들어갔다 나오면 70세다"며 "왜 형 입장만 생각하느냐, 우리 입장도 생각해 달라. 왜 같이 밥도 먹고 술도 마셨는데 어떻게 기억이 안 난다고 하느냐"고 따지기도 했다.

김 전 회장의 갖은 설득에도 이 전 부지사는 요지부동이었다. 한 검찰 관계자에 따르면 김 전 회장은 "(이 전 부지사가) 말을 안 하 고 얼굴만 보고 1시간 동안 눈만 끔뻑끔뻑하고 있는 게 참기 힘들 다"고 말했다. 당시 이 전 부지사는 "쌍방울이 대북사업을 안부수 아태협 회장을 끼워 넣어 북한과 협약서를 쓴 것 아니냐"며 경기 도의 대북 송금 요청을 부인했고 "형"이라고 부른 김 전 회장에게 "회장님"이라고 경칭을 쓰며 거리를 뒀다고 한다.

남은 입증과제는 이 대표가 김 전 회장 또는 쌍방울그룹 측에 이 같은 현안이 있다는 점을 알면서도 북측에 경기도의 스마트팜 사업비를 내납하고 이 대표의 방북 비용을 송금하도록 지시했거나 묵인했는지 여부다. 이미 상당한 수준의 객관적 정황을 확보했다는 게 검찰의 판단이다.

검찰은 쌍방울이 2019년 1월 북한 관계자들에게 "경기도와 함께 사업을 하기 때문에 남북협력기금을 쓸 수 있다"고 설명했다는 점 등도 경기도지사였던 이 대표의 '인식과 양해' 없이는 쌍방울의 대북사업 시도 자체가 불가능했다는 점을 보여주는 정황이라고 보고 있다. 검찰 관계자는 "경기도와 쌍방울이 컨소시엄을 만들면 경기도의 하도급사(대리인)처럼 동시에 사업이 가능해진다"며 "경기도 역시 쌍방울을 껴서 남북교류협력기금을 지출해 대북사업을 하려던 것"이라고 말했다.

판사 출신 변호사는 "대장동과 성남FC 사건이 법리 싸움이라면, 대북 송금 의혹은 증거 싸움"이라며 "검찰 입장에선 대북 송금 사건에선 앞선 사건들보다 훨씬 뚜렷한 증거를 확보해야 한다고 생각할 수 있다"고 말했다.

이 사건은 많은 사람이 잘 모르고 있다가 2024년 4월 경에 많이 언급되었다. 기사를 이렇게 감정에 차서 격정적인 용어로 쓴 것이 눈에 띄어서 한 번 읽어 보았다. 무슨 일이 있었길래 사회적으로 형, 동생 하던 사이가 이렇게 의견을 다투면서 재판을 받고 있는지 알아보았다.

간단히 요약하면, 2018년 쌍방울이 북한에 스마트팜 농업 사업 프로젝트를 하기 위해서 북한으로 돈을 송금하였다. 이에 경기도 평화부지사가 관련이 되어 있다. 송금 액수는 약 800만 달러인데, 한국 돈으로 약 100억에 달하는 거액이다. 쌍방울은 추후 대북 사업에서 행정적 절차를 도움받기 위하여 경기도에 관련 로비를 하였다는 것이다. 그리고 이 800만 달러의 돈 일부는 이재명 전 경기도 지사의 방북과 연관된 돈이라는 것이 검찰의 주장이다. 쌍방울은 경기도 평화부지사로 있던 이화영씨와 접촉하였고, 이화영 전 부지사는 김성태 회장에게 돈을 요청했다는 것이다. 검찰에서는 이 돈을 뇌물로 보고 김성태와 이화영을 기소한 것이다.

2018년은 남북 화해와 교류 분위기가 팽배하고 준비되던 시기이었다. 과거 대북 사업에서 경공업으로 북한에서 돈을 벌었던 회사가, 남북 화해 무드가 다시 시작되자 농업에 투자할 생각을 가지고 있었다. 미리 투자를 하고 행정적 편의를 받으려고 한 것으로 보인다. 실제 800만 달러나 되는 많은 액수의 돈을 북한에 주었다는 것은 사실인 것 같다. 새로운 사업을 기획하고 있는 단계에서 기업이 초기 투자금으로 돈을 투사할 수 있나. 검찰은 쌍방울이 북한에 초기 투자한 것에 대한 객관적인 자료도 있다고 주장하였다.

기사의 중간을 보면 중앙일보에서 취재를 종합해 보았다고 되어 있다. 위의 보도만을 정리하면 김성태 회장과 이화영 전 부지사가 깊은 인연을 가진 동지적인 관계이며 이 관계를 통하여 북한 사업을 추진하였다. 그러나 이화영 부지사가 이를 부인하고 있어서 쌍방울의 김성태 회장이 억울하고 답답해 한다는 취지의 기사이다.

기사에 관심이 갔던 것은 뉴스 보도를 하나의 시나리오처럼 쓴 것이 눈에 띄어서였다. 사건이 일어나는 공간은 검찰이며 위의 스토리를 기자가 옆에서 관찰하고 그들의 감정을 묘사하는 것처럼 작성되어 있다.

주연은 이화영, 조연은 김성태, 장소 제공은 검찰, 소재는 800만 달러, 주제는 북한에 뇌물을 준 사건이다. 주연이 조연과 있었던 일을 부정해서 화를 내는 것처럼 보인다. 최종적으로 진짜 주연으로 이재명 전 지사를 향하고 있는 것은 보고 있는 사람은 누구나 알 수 있는 일이다. 자연스럽게 뉴스에 관심이 갔으며, 내용에 대해서도 살펴보았다.

그런데 여러 가지 점에서 이상한 의문이 들었다. 경기도 도

지사가 한 회사를 통하여 방북을 타진했다는 것과 이를 위해 북한의 한 공기관에 뇌물로 돈을 주었다는 점은 선뜻 납득하기 어려웠다. 그리고 한국의 어떤 기업이 800만 달러 정도의 돈을 북한에 주면 자신이 원하는 사람을 방북시킬 수가 있는가? 향후 사업을 위한 제반 토대와 인맥을 만들어낼 수 있는가?

당시 이재명 경기도 지사가 많은 정치적 부담을 지고 북한 사업을 벌이기 위해 방북 계획을 세웠겠는가 하는 점도 의문이다. 당시 남북 평화 분위기 조성의 주인공은 문재인 정부의 청와대와 트럼프, 김정은이었다. 이들도 북한 핵 문제에 대한 타결이나 구체적인 사업 하나 성사시키지 못했는데, 한 지방 자치단체장이 방북 및 사업 추진을 위해 한 기업에 돈을 요구하였다는 것이 별로 신뢰가 가지 않는다.

2024년 4월 사건에 대한 법원 재판에서 이화영 전 부지사가 검찰 조사 과정에서 있었던 일에 대해 중요한 진술을 하였다. 이화영 전 부지사는 재판에서 검찰이 자신과 김성태에게 식사와 술을 사주면서 뇌물 사건을 인정하라는 회유를 하였다는 것이다. 그림까지 그려가며 구체적인 진술을 하였다. 검찰은 즉각 아니라고 부인하였다. 그러나 이 사건 자체와 더불어, 이화영의 진술 내용에 대해서 많은 논란과 법적 공방이 있는 상태이다.

(2) 모호하고 피상적인 뉴스

<보도 1>

[팩트체크] 나라 빚 증가속도 1등 文정부, 성장률은 1998년 이후 '최저' (부분 발췌, 아시아경제 2023-10-11)

윤석열 정부가 김대중 정부 이후 역대 정권에서 국가 부채 증가 속도가 가장 낮은 것으로 나타났다. 특히 문재인 정부와 비교하면 국가 부채와 가계 부채 증가 속도가 확연히 떨어졌다. 건전재정 기조를 강력하게 추진하고 부동산 과열 현상이 수그러든 것이 원인으로 풀이된다.

11일 아시아경제가 1998년 김대중 정부 출범 이후 역대 정권별 부채 관련 지표를 조사한 결과, 윤석열 정부는 역대 정권 중에서 부채증가 속도가 가장 느린 것으로 파악됐다. 윤석열 정부 첫해인 지난해 국가채무와 지방채무를 합한 국가 부채는 1067조 4000억원이었다. 이는 전년에 비해 9.96% 늘어난 수치이지만, 재정건전화를 본격 시작한 올해 상반기에는 1083조 4000억원으로 1.49% 많아진 데 그쳤다.

특히 문재인 정부와 비교하면 부채 증가 속도는 두 배 가까이 줄었다. 문재인 정부 첫해였던 2017년 660조 2000억원이었던 국가부채는 2021년 말 970조 7000억원으로 310조 5000억원 (47.0%) 증가했다. 2020년(17.0%)과 2021년(14.6%)에는 부채 상승 속도가 매우 가팔랐다. 이는 임기 5년 간 151조원을 넘는 추가경정예산(추경)을 편성한 영향으로 풀이된다. 2020년 코로나19 사태로 1년에 네 번에 달하는 66조 8000억원의 추경을 편성하기도 했다.

문재인 정부는 역대 정권 중 평균 경제성장률이 가장 저조한 것으로 나타났다. 경제성장률은 김대중 정부 5.62%, 노무현 정부 4.74%, 이명박 정부 3.34%, 박근혜 정부 3.03%, 문재인 정부 2.38% 등이다. 윤석열 정부 1년 차인 지난해 성장률은 2.6%였다.

예산상 중앙정부 총지출 규모는 문재인 정부에서 가장 컸다. 2017년 400조 5000억원에서 2021년 558조원으로 157조 5000억원이 늘었다. 반면 윤석열 대통령은 취임 이후 건전재정을 강조하며 예산 증가율을 낮추는 등 정부지출 억제에 나서고 있다. 정부가 편성한 내년 총지출은 656조 9000억원이다.

한국 경제가 저출산 고령화 등 선진국형 저성장 구조로 변하고 있고, 코로나19 팬데믹 등에 따른 정부 지출 확대의 필요성을 고려하

더라도 정부지출 대비 경기부양 효과는 기대에 못 미쳤다는 지적
이 지배적이다. 2019년 정부 총지출 증가율(9.5%)이 확산 첫해인
2020년(9.1%)보다 높은 점도 지출이 늘어난 원인을 전적으로 코로
나 사태로 돌리기엔 무리가 있다.

역대 정권의 집권 기간 평균 소비자물가 상승률은 박근혜 정부가
연평균 1.08%로 가장 낮았다. 이어 문재인 정부 1.36%, 노무현 정
부 2.92%, 이명박 정부 3.32%, 김대중 정부 3.50%, 윤석열 정부
(5.1%, 지난해 기준) 등 순이다. 지표상 문재인 정부 집권 기간 윤
석열 정부보다 평균 물가 상승률이 낮았다.

다만 물가는 국내외 요소가 복합적으로 작용하기 때문에 단순 지
표로만 판단하기는 어렵다. 당장 지난해부터 가파르게 오른 물가
는 러시아-우크라이나 전쟁 장기화로 국제 원자재 가격이 폭등한
요인이 크게 작용했다.

표면적이고 피상적인 뉴스를 생산하기 좋은 영역은 경제
분야이다. 경제를 운용하는 국가 경제 관료들은 경제 관련 모
든 데이터와 지표, 통계를 가지고 있다. 그리고 이를 독점적
이고 선택적으로 사용할 수 있다. 경제학자들도 이렇게 발표
된 통계 지표를 보면서 연구를 한다. 그리고 경제지들도 이러
한 수치와 통계를 가지고 자신들의 의도에 맞게 재가공해내

는데, 위의 기사는 그 대표적인 표본으로 볼 수 있다.

경제에 평소 관심이 있던 나는 2023년 후반 한국의 수출 사정이 안 좋아지고 국내에서는 인플레이션으로 골머리를 앓고 있는 상황임을 알고 있었다. 이에 의해 경제 활동의 침체가 지속되었다. 현 정부가 이러한 인플레이션에 대해 별다른 대책이 없었다는 것을 알고 있었기 때문에 위와 같은 제목의 뉴스가 의아하게 느껴졌다. 대부분 사람이 코로나 시기가 끝났음에도 불구하고 체감 경기가 안 좋아지고 있는 것을 피부로 느끼고 있었다.

그러나 이러한 상황을 설명하지 않고 나라빚의 증가 속도가 문재인 정부에서 가장 많아졌다는 것을 중심으로 기사가 작성되었다. 경제적인 수치와 지표들이 있기 때문에 조금 어려우나 문재인 정부가 달성해 낸 경제 성과들을 폄하하고 현 정부의 재정 긴축 정책을 옹호하려는 의도가 보이는 뉴스이다. 한 유튜브 방송에서 이를 다루기도 하였는데 나름대로 이 경제 뉴스를 해석해 본다.

문재인 정부의 경제 정책을 보는 데에는 두 가지의 경향과 한 가지의 전제를 두고 보지 않으면 안 된다.

경향성의 첫 번째는 자본주의에서 경제 규모가 커지면 국가의 부채가 증가한다는 것이다. 역대 정부에서 국가 부채가 증가한 것은 한국의 경제 규모가 커지고 있기 때문이다.

그리고 두 번째 경향성은 경제 규모가 커지면 경제성장률이 떨어지는 경향이 있다는 것이다. 위의 보도에서 볼 때도 이전 정부와 비교해서 보수, 진보 정부를 가리지 않고 경제성장률이 떨어지는 현상을 볼 수 있다.

한 가지 전제는 문재인 정부의 2년 반 정도는 Covid - 19 라는 유례없는 시기이었다는 것이다.

많은 선진국에서도 마이너스 성장을 한 해가 있을 정도로 어려움을 겪었으나 문재인 정부에서는 수출이 호조를 보이면서 선진국에서도 1, 2위를 다투는 경제성장률을 보였다. 이 특수한 시기는 이전의 정부보다는 다른 나라와 비교하는 것이 더 상식적이다.

국가 부채도 당연히 경기 방어를 위해 많이 늘어날 수밖에 없다. 거꾸로 국제통화기금(IMF, International Monetary Fund)에서는 한국은 국가 부채보다는 가계 부채가 더 문제가 될 것이라고 이에 대한 대책이 필요하다고 조언하였다.

이후에도 2023년 11월에는 국제결제은행(BIS, Bank for

International Settlements)에서, 2024년 1월에는 국제통화기금에서 한국의 가계 부채가 늘어나는 속도에 대해 경고를 보냈고, 한국 경제의 잠재적 위험이라고 지적했다. 이들의 공통적 지적은 OECD 국가에서 GDP 대비 가계 부채의 비율이 100%가 넘는다는 것이다. 이런 나라는 오직 한국뿐이다.

유튜브에서 이 내용을 소개한 한 경제학 교수는 제목에서 경제성장률이 전 정부에서 최저라고 하는 것도 틀린 정보라고 세밀하게 지적하였다. 시기를 의도적으로 잘못 정하여 문재인 정부에서 경제성장률은 2.38%, 윤석열 정부 1년 차인 2022년 성장률은 2.6%이라고 수치를 뽑아낸 것이다. 윤석열 정부의 시작은 2022년 5월부터이며, 그 이전과 이후의 경제성장률은 확연하게 차이가 난다.

위의 기사와 상관없이 현 경제 상황을 단순하게 정리하면, 2022년 5월부터 상반기 윤석열 정부 경제 정책에서 수출은 줄어들었으며 감세 정책으로 인하여 세수는 줄어들었다. 물가는 많이 오른 상태에서 유지되고 있으며 가계 부채 규모는 전 세계가 경고를 보낼 정도로 올라가 있다. 한국의 국가 부채를 걱정하는 곳은 현 정부와 기획재정부 관료들뿐이며, OECD 국가의 평균 부채에 비해 현저히 낮아 50%를 조금 넘는 정도이다. 도리어 가계 부채가 너무 늘어나는 것이 문제이다.

기억해보면 Covid-19 시대 초기 2020년 경제 상황이 급격히 안 좋아질 때, 한국의 4인 가족 기준으로 100만원 정도의 국가 재난 지원금을 받은 적이 있다. 비슷한 시기 미국에서는 주마다 조금씩 다르지만, 한국 돈으로 1인당 약 5백만원 정도의 재난 지원금을 받았다. 고소득자를 제외한 선별 지급이 많았다고 한다.

진보적인 입장을 가진 경제학자들은 이런 예를 들면서 국가가 짊어져야 할 부채를 가계에 전가시키고 있다면서 문재인 정부를 비판하였다. 현 정부 들어와서는 초부자 감세와 국가 부채 축소 지향의 정책으로 민생과 경제의 어려움을 더하고 있다.

어렵고 복잡한 경제 기사를 먼저 인용하였는데, 조금 쉽게 이해할 수 있는 다른 뉴스로 이 범주에 속하는 뉴스를 소개해 본다.

<보도 2>

야 보좌관들 "25살에 1급 비서관? 파격 아닌 코미디… 청년 분노 살 뿐 (동아일보, 2011-06-22)

국민의힘 보좌진 협의회는 22일 문재인 대통령이 청와대 청년비서관에 20대 대학생 박성민 전 더불어민주당 최고위원을 내정한 것에 대해 "파격이 아니라 코미디"라고 비판했다. 국보협은 이날 성명서를 통해 "청와대가 25살 대학생을 1급 청와대 비서관 자리에 임명한 것은 청년들의 마음을 얻는 것이 아니라 그들의 분노만 살 뿐"이라며 이같이 밝혔다. 정치권은 청와대가 박 전 최고위원을 발탁한 배경을 '이준석 현상'에서 찾고 있다. 이준석 국민의힘 당대표가 '헌정사상 첫 30대 당대표' 타이틀을 쥐고 2030세대의 지지를 얻자, 첫 20대 여성 청와대 비서관'을 배출해 맞대응한다는 관측이다. 국보협은 "대한민국의 일반적인 청년들은 대학교를 졸업한 후 석, 박사를 취득하더라도 취업의 문을 넘기 어렵다"며 "행정고시를 패스해 5급을 달고 30년을 근무해도 2급이 될까 말까한 경우가 허다하다"고 했다. 박 비서관의 임명으로 2030세대의 박탈감만 자극할 것이라는 설명이다. 특히 국보협은 "박 비서관은 민주당 청년 최고위원을 하면서 진영 논리에 철저히 매몰됐던, 기성 정치인과 다를 바 없던 수준을 보여 준 사람"이라며 "파격은 격을 깨뜨리는 것이 파격인데, 이번 인사는 아예 격이 없는 경우로 여겨질 뿐"이라고 지적했다.

처음에는 행정 분야의 천재 20대 여성이 정부 부처의 국장 정도로 발탁되어 취직을 한 줄 알았다. 정치에 관심이 없는 사람이 보기에 문재인 정부가 또 하나의 불공정한 인사를 한 것처럼 느끼도록 한 보도였다. 그러나 자세히 살펴보면 한시적 비정규직으로 청와대의 청년 정책 강화를 위해 뽑은 비서관 정도의 인사였다.

　이 신문은 전혀 문제가 되지 않는 것에 대해 시비를 걸었다. 다른 신문에서도 여러 버전으로 각색이 되어서 20대 여성을 청와대 1급 비서관으로 뽑은 것이 무슨 큰 문제가 되는 것으로, 또 하나의 특혜와 불공정의 상징처럼 보도하였다. 형식은 국민의힘 의원 보좌관의 말을 빌려서 하는 식이었지만 정말 부분적이며 피상적인 내용만을 가지고 논리를 구성하였다.

　실제로 박성민씨는 민주당에서 여성과 청년 정책에 관심을 가지고 활동을 하고 최고위원까지 경험한 정치인이라고 한다. 물론 나는 이 여성이 누구인지 모른다. 단지 이 시기 한국 정치에 청년들의 참여가 필요하다는 것이 정치권에서 공유된 인식이었나 보다 이해할 뿐이다.

　문재인 정부 내내 '공정'이라는 키워드를 가지고 정부를 비판한 것은 알겠는데 동아일보쯤 되는 신문에서 이러한 기사로 이것을 문제로 삼는 것은 정말 수준이 낮아 보였다.

다른 신문에서도 중요하고 전체를 구성하는 내용은 다 제외하고 대학생이 1급이라는 등, 1년에 받는 연봉이 얼마라는 등, 정말 지엽적이고 피상적인 내용을 보도하였다. 아마 전체적인 맥락이나 내용을 알면서도 이러한 방식으로 정부를 비판한 것이 아닌가 한다. 그러지 않았으면 좋겠다. 이런 내용을 읽는 보통의 민주 시민들은 정말로 무슨 문제가 있는지 숨은 내용 찾기를 하느라고 피곤하기만 하다.

<보도 3>

"한국은 가장 우울한 사회"… 미국 인기 심리연구가 진단 (연합뉴스, 2024-01-28)

인구 10만명당 자살자 수에서 경제협력개발기구(OECD) 부동의 1위를 기록하는 등 나아질 기미를 보이지 않는 한국의 정신건강위기와 관련해 미국 유명 심리연구자가 제작한 영상이 화제다. 『신경끄기의 기술』(2016) 등 저서가 뉴욕타임스 베스트셀러에 오르면서 유명해진 작가 겸 인플루언서 마크 맨슨은 최근 자신의 유튜브 계정에 "세계에서 가장 우울한 국가를 여행했다" 제하의 영상을 업

로드했다.

한국 방문 기간 제작한 24분 4초 분량의 영상에서 맨슨은 "한국의 정신건강위기를 이해하려면 90년대 인기 비디오게임인 스타크래프트에서 시작해야 한다"면서 "주목할 점은 여기에서 도출된 성공 공식이 여러 산업에 복제됐다는 점"이라고 말했다.

그는 "예컨대 K팝 스타는 어린 시절 오디션으로 모집돼 기숙학교에 보내지고 스포츠 선수도 마찬가지다. 심지어 삼성도 기숙사와 교통수단, 병원 등 네트워크를 갖춰 직원들이 말 그대로 직장을 떠날 필요가 없다"고 짚었다.

그러면서 "잘하는 일을 더 잘하도록 강요하고, 가능한 우수한 결과를 내기 위해 강력한 사회적 압력과 경쟁을 가하는 건 효과적 공식으로 입증됐지만, 심리적 낙진을 초래했다"고 지적했다. 맨슨은 유치원 시절부터 시작되는 입시경쟁 등 지나치게 압박적인 문화가 형성된 것이나 '전부 아니면 전무'라는 한국인의 완벽주의 성향을 이해하려면 "한국의 역사, 특히 북한과의 갈등을 이해해야 한다"면서 "20세기 한국의 경제적 기적은 야심이나 선택의 문제가 아니라 생존의 문제였다"고 분석하기도 했다. 그는 인구의 15%가 숨진 잔혹한 전쟁을 겪은 한국은 북한의 위협 아래 최대한 빨리 발전할 수밖에 없었고, 정부가 이를 위해 도입한 가혹한 교육체계는 한국 젊은이들에게 엄청난 부담을 안겼다고 지적했다.

결국 경제는 성장했지만 "한국에선 노인 자살률이 치닫고 젊은 세대에게는 큰 두려움을 안겨줬다"면서 모두를 위해 스스로를 희생할 것을 강요하는 유교 문화가 뿌리깊은 것도 '사회적 고립과 외로움'을 심화했다고 맨슨은 진단했다. 맨슨은 "한국인은 유교적 기준으로 끊임없이 평가받는데 문제는 그 와중에 개인적 성과를 내라는 압박도 받는 것"이라면서 "한국은 불행히도 유교의 가장 나쁜 부분은 남겨두고 가장 좋은 부분인 가족, 지역사회와의 친밀감은 버린 듯 하다"고 말했다.

또 "자본주의 최악의 측면인 물질주의와 생활비 문제를 가진 반면, 가장 좋은 부분인 자기실현과 개인주의는 무시했다"면서 "개인적으로는 이런 상충되는 가치관의 조합이 엄청난 스트레스와 절망으로 이어졌을 수 있다고 본다"고 덧붙였다.

다만, 그는 자신이 만난 한국인들은 이런 문제를 숨기긴 커녕 적극적으로 인정하고 해결책을 찾으려 해 놀랐다면서 "세계적으로 드문 이런 회복 탄력성(resilience)이야말로 한국의 진짜 슈퍼 파워일 수 있다"고 평가했다. 그는 "한국의 문화와 역사를 보면 어떤 어려움과 도전에 처하든 항상 길을 찾아왔다는 점을 알게 된다"면서 "새로운 실존적 도전에 직면한 그들이 또다시 길을 찾을 것이라 믿는다"고 말했다.

미국 유명 심리학자 마크 맨슨이 한국을 방문하여 느낀 점을 만든 유튜브에 올렸는데 이를 정리한 기사이다. 유튜브에서 찾을 수 있으며, 다 보는 데 약 24분이 걸린다. 짧은 시간 동안 한국의 현실 사회 진단을 하려다 보니 그의 강조점이 여러 가지로 분산된 느낌이 있다. 아마도 단기간에 선진국의 반열에 오른 나라이지만 자살률이 가장 높은 수치로 나온다는 상반된 점이 유명 심리학자의 관심을 끌었던 모양이다.

그는 2016년 『신경 끄기의 기술』이라는 책으로 미국에서 베스트셀러 작가가 되었다. 별로 기대하지 않고 책을 사서 읽었는데 적당히 잘 쓰여진 정도의 글이다.

우선 수없이 많이 나와 있는 '자기 계발서'를 읽어서 뭔가 배우려는 태도에 대해 비판하고 있다. 개인적 성취나 사회적 성공을 목표로 하여 쓰여진 이런 책에는 대부분 독자의 부족한 점이 적혀 있고 그러한 부분에 초점을 맞추게 되면 자기의 행복이나 성공과 더 멀어지게 된다는 이야기한다. 그리고 대부분 사람은 성공한 사람의 집중력과 노력에 근접하지 못함도 지적한다. 실제로 빌 게이츠는 일주일에 5일을 사무실에서 자며 30대를 보냈고, 스티브 잡스는 큰 딸을 제대로 돌보지 못했다고 한다. 그러므로 부풀어진 거품과 같은 성취와 성공에 대한 신경을 끄고 자신의 내면에 초점을 맞추고 실패하는 것을 쉽고 자연스럽게 받아들이라는 충고를 한다.

미국이나 유럽에는 잘 알려진 다른 유명 인사에 대한 이야기도 재미있었다. 초기에 비틀즈의 멤버였던 드러머 피트 베스트라는 인물이 있는데, 다른 3명의 멤버들과 맞지 않아 팀에서 쫓겨나는 일을 겪었다. 그 후임으로 온 인물이 링고 스타이다. 1960년대 피트 베스트는 알코올 의존에 자살 시도도 하는 등의 어려움을 겪다가, 2000년대에 와서는 안정을 찾고 음악 활동도 하면서 행복한 삶을 살고 있다고 하였다. 그가 인생에서 잃은 것은 단지 사람들의 주목과 칭찬뿐이라고 맨슨은 지적한다.

이와 반대의 경우도 있는데 메탈리카에서 쫓겨난 데이브 머스테인이라는 인물이다. 그는 메탈리카를 떠난 이후, 인생의 목표를 메탈리카 밴드보다 더 좋은 락 밴드를 만드는 것을 목표로 하였다. 그렇게 해서 만든 밴드가 '메가데스"라는 밴드인데 나는 알지 못하는 락 그룹이다. 실력이 있어서 유명해지고 많은 음반을 팔았던 모양이다. 그러나 메탈리카에 비하면 대중적 인기에 한참 미치지 못했다고 한다.

2003년 한 인터뷰에서, 머스테인은 눈물을 글썽이며 자신은 여전히 실패자라고 이야기를 하였다고 한다. 머스테인은 나름 객관적으로는 성공하였지만, 스스로는 실패한 인생을 살고 있다는 함정에 빠져 있다고 마크 맨슨은 설명한다.

뭐 이런 이야기들이 쭉 적혀 있다.

당신이 욕심이 많지 않고 현재 비교적 현명하게 살고 있다고 생각하면 읽어 보지 않아도 되는 책이다. 자기계발서 읽기를 좋아하고 성공을 열망하는 것에 편견이 없는 사람이라면 한번 읽어 보아도 좋다. 이 책은 자기계발서를 비판하면서 이야기를 시작하지만, 다른 형태의 순한 맛 자기계발서이기도 하기 때문이다.

나는 성공을 열망하는 현상에 대한 편견이 있는 사람이다. 여기서 인용하는 것은 그냥 이 글을 쓰기 위해서 얻어걸린 책이기 때문이다. 마크 맨슨에 대한 설명이 길었는데 길을 잃지는 않았다. 우리는 연합뉴스 보도를 평가하고 있다는 것을 알고 있다. 도리어 내가 이 책을 쓰고 있는 핵심에 다가가고 있다.

한국 사회에 대한 탐구 생활이 담긴 위 유튜브 내용 및 기사에 대한 점수를 주자면 약 60점 정도이다. 지나치게 성취지향적인 사회 분위기를 거론하며 당연한 결과로 경쟁이 심하고, 낙오자는 우울감에 빠진다는 말은 맞는 이야기이다. 그리고 마지막에 회복 탄력성을 거론하면서 한국민의 잠재력을 평가해 준 것도 좋았다.

그러나 스타크래프트 게임 리그가 처음 생긴 나라로 이야기를 시작한 점, 유교에 대한 전형적인 틀에 갇힌 이해, 동아시아 국가의 집단주의에 대한 이해 부족, 미국 심리학자들의 특징인 자본주의 자체를 비판하지 않는 점에서 10점씩 감점이 되었다.

마크 맨슨은 평이하고 일반적인 결론으로 동아시아의 신기한 나라에 대한 탐구 과정을 마쳤다. 깊이 들여다보지는 못했지만 유튜브라는 매체의 한계를 생각한다면 노력한 흔적이 많이 보여 더 나쁜 점수를 주고 싶지는 않다. 경제, 정치, 기술, 문화적 성과를 비롯하여 짧은 시간에 많은 것을 성취한 국가에 대한 본질적인 모습을 볼 수 있어야 하는데 그것까지에는 미치지 못하였다.

사실은 '세상에서 가장 우울한 나라를 다녀왔다'는 이 유튜브 썸네일을 보고 뭔가 많이 부족하다는 느낌을 받았다. 이런 식의 표현은 언제나 맞기도 하고, 틀리기도 하다. 한국 사회

성격 진단은 보다 복잡하고 역동적이어야 한다. 그래서 연합 뉴스를 찾아보았고 이 보도에 대해 거론하기로 하였다.

　나는 과거부터 사회의 특징적인 현상을 진단하여 심리학적 측면에서 그 핵심을 통찰해내는 작업에 관심이 있었다. 이를 공부하는 사회심리학이나 사회정신의학이라는 분야가 있기는 하나, 이런 학문의 연구는 대부분 인생 사건이 개인에게 미치는 영향을 분석하는 것이다. 예를 들면, 이혼이 개인의 심리에 미치는 영향, 긍정적인 성격 중 행복에 영향을 주는 요인 분석 등과 같은 것이다. 전체적으로 사회적 병리나 현상, 건강성을 관찰하여 이를 평가하고 이것이 우리 개인이나 사회에 주는 영향을 분석하지 않는다. 이러한 학문 분야에 주요한 관심사가 아니며, 관련 저널에서도 거의 다루지 않는다.

　요즈음 이런 작업은 문학이나 철학가와 같은 인문학이나 사회학의 영역이 된 느낌이다. 바로 이야기를 시작하면, 2000년대를 전후하여 내가 느낀 한국 사회에 대한 사회심리학적 분석은 '나르시시즘의 사회'라는 진단이었다.

　이 시기부터 한국은 식민지에서 독립된 나라 중 산업화와 민주화에 성공한 유일한 국가라는 말이 유행하였다.

　특히 2002년은 월드컵에서 4강까지 올라가고, 노무현 정부를 탄생시키는 등의 일이 있었다. 아 잠깐, 이 부분에서는 이 것이 '비극'이라고 생각한 사람도 있을 것이다. 삼성, LG, 현대 기아와 같은 기업들은 세계적인 기업으로 성장하고 인정받으면서 한국의 명성을 높이고 있었다. 2002년이면 합계 출산율이 많이 떨어져 있기는 하였느나, 아직 희망은 있어 보이는 수준이었다.

그러나 이때 한국 사회와 사람들의 욕망을 예민하게 그러나 의도적으로 거리를 두고 관찰한 소설가가 있었다. 『검은 꽃』, 『퀴즈쇼』, 『호출』 등의 소설로 아직 한국을 대표하는 작가인 김영하는 투명인간처럼 서서 소설 속 인물이나 사건들에 대해 관찰한다. 그 투명인간은 감정이 없어 보이고 인물이나 사건이 일어나는 입구까지만 가서 이를 쳐다본다. 그것이 친구나 이성과 있었던 사건일 때도, 섹스일 경우에도 마찬가지이다. 그것이 가족일 경우 가족 구성원 한 명씩 자세히 뜯어 본다.

이런 방식의 소설 쓰기는 매우 낯설지만, 홍상수 감독이 영화를 찍는 듯한 비슷한 느낌의 소설이었다. 그러나 예술적인 지식이나 감각이 많이 포함되어 있어 더 세련되고 섬세하였다. 그래서 이전에 서사를 위주로 이야기를 이끌어 나갔던 소설가들보다 현실을 더 분명하게 볼 수 있게 한다. 실제적이고 깊이 있는 해석은 독자들에게 맡겨 둔다. 감정 개입이 없어도 더 생생하다. 나는 이런 모든 면이 좋았다.

집단을 포기하고 개개인을 하나씩 들여다보니 모두 자신의 나르시시즘을 가지고 있었다. 이 자기애는 건강하지도 병적이지도 않다. 가끔 일이 벌어지는데 평범하기도 하고, 극적이기도 하다.

나는 김영하 소설을 대부분 읽었으며, 몇 년간 이를 주변에 전파하기도 하였다. 당시의 한국 사회는 나르시시즘의 모습을 띠고 있었다. 반복하지만 나쁜 의미는 아니다. 모두가 자신의 생활과 집단, 욕망을 추구하면서 열심히 사는 모습, 그 자체는 건강한 자기애이다.

그러나 그 나르시시즘이 적당히 통제되지 않고 과도하다고 생각될 때, 내 눈에 보인 사람은 독일의 철학자 한병철이었다.

2010년 한국에 소개된 『피로사회』라는 책은 내게 또 다른 인식의 확장을 할 수 있게 하였다. 한국이 선진국의 문턱에 진입하면서 모든 사람이 주식과 부동산을 이야기하고, "부자 되세요"가 하나의 사회적 인사처럼 받아들여지던 시기이었다. 자기 성취를 위해 우리는 기업의 이윤이 아니라, 자신 스스로 노동을 착취하는 사회가 되었다는 이야기는 강렬하게 다가왔다. 얇은 책에 적혀 있는 여러 철학적 개념이나 서술을 이해하지 못하여도 이 정도 이해한 것만 해도 만족하였다. 우리 사회가 조금씩 병들어가고 있는 징후를 포착하고 있지 않았나 생각했다.

한병철 교수가 2017년 3월 한국의 한 강당에서 자신의 책에 대한 강연에 초청받았는데, 그 자리에서 무례한 말투와 행동을 하였다는 보도가 나왔다. 이야기를 하다 갑자기 옆에 있는 피아노를 치거나 자신에게 질문하는 독자에게 면박을 주기도 하였다고 한다. 막말과 기이한 행동을 통해 포스트모던한 강연이었다고 평가하는 평론가도 있었다. 많은 비난을 받았지만, 나는 이 뉴스를 보고 한국 사회의 히스테리를 표현하는 행위 예술이라고 생각하였다.

한국 사회의 히스테리는 금융자본주의의 고도화와 부동산 가치의 급등과 같은 사회경제적 요인으로 촉발되고, 이는 Covid-19 시기 고립을 거치면서 강화되었다. 주식이나 코인을 통하여 수백 배의 돈을 벌었다는 소식이 주위에서 들리고, 자고 일어나면 집값이 상승해 있어 소득과 자산의 양극화가 더욱 심해졌다. 마스크를 쓰고 온라인에서 숨어 지내던 시기 이러한 부의 상승 곡선을 타지 못한 사람의 불안은 심해졌다. 또한 정치적으로도 반대 세력의 중요 인물의 조그마한 흠집을 부풀려 사정없이 공격하는 행동이 합법적으로 이루어졌다. 이해하지 못할 현상이었다.

비교적 평온하던 한국 사회는 급속도로 불안과 공포, 자기 검열, 타인에 대한 예민함이 퍼져 나갔다. 세대 갈등은 심해지고 남녀 갈등도 우리 사회의 기본값이 되는 듯하였다. 뉴스와 정보 교류 방식에서 처음부터 문제가 있었던 언론과 포털 사이트는 이를 증폭 확대시켰다. 2019년부터 코로나 시기를 통과한 약 5년 동안 한국 언론과 권력은 우리 사회와 국민을 '불안을 기반으로 한 히스테리 사회'로 만들었다.

현재 한국 사회는 우울감을 느껴 주위 사람들과 이야기를 나누기도 전에 자살로 인생을 마감하는 사회이다. 특히 젊은 세대는 딱히 자신의 이야기를 나눌 수 있는 사람도 없어 보인다. 또한 자신의 삶에 비추어 보아서 미래에 대한 기대도 접게 만드는 사회가 되었다. 자살률은 최고이면서 출산율은 최저인, 모든 사람이 불안하고 희망이 없는 사회로 느끼게 되었다.

그런데 실제로 그러한가? 나는 우리 사회가 몇 가지만 고쳐 나간다면 이러한 사회 분위기를 근본적으로 변화시킬 수 있다고 생각한다. 히스테리성 성격장애의 치료는 자신의 성격의 핵심 문제에 대해 통찰하게 만드는 것이다. 이에 의해 증상이 많이 호전된다. 똑같이 한국 사회도 히스테리적으로 증폭된 개인의 욕망과 인간 관계에에 대한 성찰을 잘 해낸다면, 많은 개선이 있을 것이라고 생각한다. 우리 개인과 한국 사회는 가진 것이 많다. 가진 것이 많아도 다른 사람들보다 뒤처지면 안 된다고 생각하니 히스테리적으로 되는 것이다. 아직 포기하기에는 이르다.

(3) 자기중심적인 뉴스

<보도 1>
8분 걸린 윤 대통령 서초 용산 출근길··· 일부 차량 통제 (연합뉴스, 2022-5-11)

윤석열 대통령이 서초구 자택을 출발해 용산 대통령실까지 출근하는데 8분이 걸렸고 큰 교통 혼잡은 빚어지지 않았다. 윤 대통령이 서초구 자택에서 출근하는 첫날이었던 11일 인근 서울 성모병원 사거리 등은 오전 8시께부터 일부 통제가 시작했다. 8시 15분이 되자 경호용 오토바이를 탄 경찰과 경호원들이 자택이 있는 아크로비스타 앞 도로에서 대기했다. 8시 21분이 되자 윤 대통령이 자택에서 나왔고 하얀 치마와 형광 상의 차림의 김건희 여사가 배웅했다. 순간 아크로비스타 앞 반포대교 방면 교통이 통제됐다. 8시 23분 윤 대통령이 검은색 차량에 탑승해 떠나고 김 여사가 자택으로 들어가자 이 일대 교통 통제는 즉시 해제됐다. 윤대통령이 탄 차량 행렬이 반포대교를 건너 용산 미군기지 13번 게이트에 도착한 시간은 오전 8시 31분이었다. 자택에서 출발한 지 8분 만이었다.

경찰 관계자는 "순간적으로 우회 통제만 했다"며 "특별한 일이 없으면 앞으로도 이렇게 교통관리를 할 것 같다."고 설명했다. 이날 아침 큰 교통혼잡은 없었지만, 일부 출근길 차들이 일시적으로 대기하는 모습은 있었다. 윤 대통령은 관저로 사용할 용산구 한남동 외교부 장관 공관 공사를 마칠 때까지 한 달 가량 서초구 자택에서 용산까지 출퇴근하게 된다.자택과 집무실 간 이동 거리는 약 7km 이다. 경찰은 출퇴근 교통 혼잡을 최소화하기 위해 동선과 신호 관리 등을 다변화해 당일 상황에 맞춰 능동적으로 대처할 계획이다. 첫날은 반포대교를 건넜지만, 앞으로 동작대교, 한남대교, 한강대교 등도 이용할 수 있을 것으로 보인다.

한국 정치에서 처음으로 있는 일이었다. 대통령이 자택에서 집무실로 출퇴근을 하게 되는 것은 전례가 없는 일이어서 사람들의 주목을 받았다. 분단 국가의 대통령이라는 멍에는 대통령의 시간적, 공간적 활동에 많은 제한을 두게 하였고, 그로 인하여 보안이나 경호와 같은 문제들이 제기된다. 또한 연쇄 반응으로 서울 시민들의 생활도 시간적, 공간적으로 영향을 받는다. 대통령이 서초동에서 용산 집무실로 출퇴근을 처음 하면서 시민들의 생활에 얼마나 지장을 줄 것인가 하는 것에 대해 많은 사람의 걱정과 우려가 있었다.

그러나 연합뉴스는 대통령이 집에서 용산 대통령실에 들어가는 시간이 얼마 걸리지 않았다는 것으로 위주로, 주변의 교통 정체는 없었다며 서둘러 마무리하였다. 무슨 뜻인지는 알겠는데 조금 씁쓸하였다. 과거 연합뉴스는 뉴스 통신사로 객관적인 뉴스 사실만 보도하고 다른 언론 매체들이 이 사실들을 받아서 자신의 언론 지향에 맞게 각색하여 보도하였던 것으로 기억한다. 그러므로 방송사라기보다는 AP, AFP, 로이터와 같은 외국의 유수한 통신사처럼 생각하였다. 정부의 지원도 많이 받고 있는 것으로 알고 있다. 한국에서는 이러한 뉴스 통신사의 보도조차도 객관적이지 않게 느껴졌다.

이날 서울 시민의 교통 생활 측면에서 보도한 매체는 손에 꼽을 정도이었다. 그래도 공영방송인 KBS에서는 시민들에게 무엇이 중요한 문제인지를 느끼었는지 같은 날 방송에서 조금 다르게 보도하긴 하였다. "'직주 분리' 대통령 첫 출근길 교통 여파는"이라는 제목으로 이 지역에 사는 시민의 입장에서 대통령 출퇴근에 의한 교통 지체의 영향을 보도하였다. 이에 의하면 대통령의 출근 시간이 11분이 걸림에도 불구하고 주변 교통 지체가 2분 이하로 나타났다고 하였다. 그리고 출퇴근 시민들이 '이러한 상황에 대비하여 우회한 것이 아닌가' 하는 추측도 덧붙였다.

이후 2022년 8월 29일 한겨레신문에서는 "'출퇴근 대통령'에 경찰 경비인력 2배 가까이 늘어"라는 보도를 통하여 다른 측면에서 대통령실의 용산 이전 문제 및 경비 경찰의 변화에 대해 보도하였다. 이 기사에 의하면 청와대에서 용산 대통령실을 옮기면서 서초경찰서와 용산경찰서의 대통령 출퇴근 지원을 위해 교통 및 정보 관련 경찰 인력이 70%가 늘었다는 내용을 보도하였다. 서초동과 용산구를 중심으로 한 이러한 경찰 인력의 변화가 2022년 10월에 일어난 이태원 참사와는 관련이 없었기를 바라는 마음이다.

<보도 2>

가족 모임 때는 애국가 4절까지 부른다… 사진 속 최재형 (단독, 중앙일보 기사 요약 2021-08-04)

4일 출마 선언을 하는 국민의힘 대선주자 최재형 전 감사원장을 두고 '엄근진'(엄격·근엄·진지) 이미지를 떠올리는 이들이 많다. 판사 출신인 데다 그간 국회 국정감사 등에서 의원들의 날 선 질의에 동요 없이 답변하는 모습이 대중에게 알려져서다. 2017년 감사원장 인사청문회에선 최 전 원장을 둘러싼 각종 미담이 알려지면서 여당 의원이 '미담 제조기'(박홍근 민주당 의원)라는 별명을 붙여주기도 했다. 정치권에선 '범생이' 이미지라는 평가도 있다. 하지만 최 전 원장과 가까운 인사들은 "알고 보면 유쾌한 사람"이라고 입을 모은다.

최 전 원장은 경남 진해에서 4남 중 둘째로 태어났다. 부친인 최영섭 전 예비역 해군대령은 6·25 전쟁에서 해군의 첫 승전고를 울린 대한해협해전에 참전한 전쟁 영웅이다. 지난달 8일 숙환으로 별세했는데, 최 전 원장에게 "대한민국을 밝혀라"는 자필 유언을 남겼다.

최 전 원장은 이후 부진이 예편하면서 가족들과 서울 회현동에 잠시 자리를 잡았고, 서울 중구의 남산초등학교, 강동구의 한영중학교를 거쳐 경기고에 입학했다. 최 전 원장의 죽마고우인 강명훈 변호사는 "단지 공부만 하던 친구가 아니었다. 기타도 열심히 치고, 축구를 할 땐 매번 골키퍼를 맡았다."고 했다.

최 전 원장의 가족은 '애국 집안'으로 알려져 있다. 명절 때 가족 모임이나 식사를 할 때면 부친 최 대령의 주도로 국민의례를 하고 애국가를 4절까지 완창하는 게 집안 전통이다. 최 전 원장은 육군 법무관 출신으로 다른 형제 셋도 육해공군에서 장교로 복무해 병역 명문가로 불린다. 최 전 원장은 슬하에 2남 2녀를 두고 있다. 두 딸을 키우다 2000년과 2006년 두 아들을 입양했다.

최 전 원장을 얘기할 때 빼놓을 수 없는 또 다른 키워드가 봉사다. 기독교 신자인 최 전 원장은 그동안 국내와 필리핀 등에서 여러 차례 봉사 활동을 했다. 최 전 원장은 국민의힘 입당 뒤 첫 일정으로 부산을 방문해 김미애 의원, 아내와 함께 쓰레기를 줍는 봉사 활동을 했다.

때로는 자기중심적인 뉴스가 그 자신에게 파국적인 결과로 돌아갈 때도 있다. 종로구에서 보궐선거로 21대 국회의원이 된 최재형 전 감사원장의 예이다. 감사원장에서 국민의힘에 입당하면서 그 사람에 대한 기대가 잔뜩 높아져 있는 상황이었다. 그러나 중앙일보에서 감사원 1층으로 추측되는 최재형 의원의 명절 가족 모임을 보도하였다. 그리고 사진 한 컷을 같이 공개하면서 그 기대는 무너졌다.

모두 알다시피 그 모임에서 태극기를 보고 전 가족이 애국가를 4절까지 불렀다는 사실은 너무나 시대착오적이면서 적지 않은 충격을 주었다. 온라인의 맘카페와 여초 사이트 같은 곳에서 많은 논란이 있었던 모양이다. 며칠이 지난 뒤 최재형 의원의 두 명의 며느리는 "우리는 괜찮다"라는 식의 인터뷰를 하기도 하였다. 나중에는 굳이 그 집안 남자들이 주방 일을 하는 뒷모습 사진이 배포되기도 했다.

아마 위와 같은 이야기와 사진 한 장으로 새로운 인물의 정치 시작을 알리려는 기획을 한 모양이다. 그러나 이 뉴스 이후로 나는 최재형 의원이 어떤 사람인지, 어떻게 살아왔는지 관심이 전혀 없어졌다. 이 정도의 애국은, 하려면 누구나 할 수 있다. 70년대와 80년대를 살아 온 사람들에게는 학창 시절 추억 속 일상이기도 하다.

이렇게 잘못된 자기중심적인 뉴스 하나는 그 사람의 미래를 완전히 바꾸어 놓는다. 한때 대선주자로까지 거론되던 현재 최재형 국회의원은 시작이 곧 끝이 되어 버렸다. 21대 국회의원으로 좋은 입법 활동을 하였는지 모르겠다. 2024년 4월 22대 총선에서 그는 종로에서 낙선하였다. 현재 상황에서 다른 정치적 가능성이 있는지 의문이다.

\<보도 3\>

박형준 시장 "부산 엑스포 유치 가능성 5대 5"(서울신문 2023-10-13)

"2030 부산 세계박람회 유치를 위해 뛰는 여러 기관 인사 중 가장 비관적이었던 분도 이제는 가능성을 5대5로 말합니다."

박형준 부산시장은 12일 엑스포 유치 가능성에 대해 이같이 표현했다. 182개 국제박람회기구(BIE, Bureau International des Exposition) 회원국에 엑스포 유치 당위성을 설명하기 위해 지난 9일 프랑스 파리에서 열린 공식 심포지엄에 참석해 여러 국가와 교섭을 마치고 돌아온 직후다. 이 심포지엄에는 엑스포 공동유치위원장인 한덕수 국무총리, 최태원 대한상의 회장, 드미트리 케르켄테즈 BIE 사무총장, BIE 회원국 대표 등 200여 명이 참석했다.

박 시장은 "사우디아라비아와 관계 깊은 중동과 이슬람권을 제외하면 모두 해 볼 만하다 하다"고 분석했다. 그동안 불리하다고 봤던 태평양 도서국, 아프리카도 긍정적으로 돌아섰고, 이슬람 국가가 많은 중잉아시아도 교섭 결과 승산이 있는 지역으로 바뀌었나는 설명이다.

개최지 선정 투표가 진행되는 다음 달 28일까지 남은 기간 우리나라는 2차 투표에서 지지를 확보하는 데 중점을 둘 예정이다. 1차에서는 회원국 3분의 2 이상 지지를 받은 도시가 개최지가 되고, 그렇지 않다면 최하위 도시를 제외하고 2차 투표를 한다. 탈락한 도시를 지지했던 표를 흡수해 2차에서 승리하는 전략인 셈이다.

박 시장은 "프랑스는 사우디를 지지한 상태지만, 2차 투표 지지국은 별도로 고려 중이라는 소식을 여러 경로를 통해서 확인했다"며 "1·2차 양상이 달라질 수 있다고 보고, 2차에서 지지를 확보하는 데 주안점을 둘 것"이라고 밝혔다.

이번 심포지엄에서 우리나라는 엑스포 참가국의 국가관 건설 등에 5억 2000만 달러를 지원하겠다는 계획을 밝혔다. 사우디의 3억 4300만 달러, 이탈리아의 2억 8500만 달러보다 훨씬 큰 지원 규모다.

박 시장은 이에 대해 "우리나라의 발전 경험을 세계와 공유하겠다는 게 엑스포의 취지이자 비전이므로, 더 많은 나라가 참여할 수 있도록 지원 규모를 키운 것"이라고 설명했다.

부산 국제 엑스포 유치는 문재인 정부 때부터 가덕도 신공

항과 결부되어 신문에 많이 보도되어, 나는 이미 부산 유치가 결정된 것으로 생각했었다. 그러나 경쟁국과 도시로, 사우디아라비아의 리야드, 이탈리아 로마가 있었으며 사우디아라비아가 가장 유력하며 경쟁에서 앞서 나가고 있다는 것을 나중에 알게 되었다.

실제 파리에서 2023년 11월 29일 새벽에 국제 엑스포 유치를 위한 투표가 이루어지고 결론이 나오기 전까지 언론에서도 한국 부산이 꽤 경쟁력이 있는 것으로 보도되었다.

중앙일보는 윤석열 대통령이 2023년 9월 미국 유엔 총회 참석하였을 때, 41개국 회원국과 양자 회담을 가지며 노력하였다는 것을 보도하였다. 동아일보에서는 11월 27일 "'사우디 많이 추격, 부산 해볼만…' 마지막 하루까지 맨투맨 설득"이라는 기사를 통해 국무총리와 기업 총수, 박형준 시장이 회원국을 대상으로 열심히 노력하고 있음을 보도하였다. 조선일보는 11월 28일에도 "비행기만 20시간 타는 카보베르데까지 '북한 말고는 다 갔다.'"는 기사를 통해, 그동안의 노력에 대해 칭찬하면서 부산으로 유치될 가능성을 언급하였다. 그리고 대부분의 다른 신문들도 많은 기사를 통하여 마지막 역전으로 유치를 기대하는 보도를 하였다.

11월 29일 새벽 부산 엑스포 유치 투표까지 언론은 장밋빛 전망을 하다가 급작스럽게 일격을 당했다. 119대 29이라는 압도적 차이로 사우디아라비아 리야드로 결정이 된 것이다. 언론과 정치권, 부산 시민은 장밋빛 전망만 하다가 헛물만 켠 것으로 많은 실망감을 가지게 되었다.

2023년 11월 29일 국제 엑스포 유치가 실패로 끝나자 그동 안의 희망 회로만 돌려 된 언론과 정치권에 많은 비판이 일어 나기 시작하였다. 가장 크게 실망한 것은 부산 시민이었고 민 심이 크게 돌아서는 사건이 되어 버렸다.

그러나 처음부터 해외 주요 언론들은 엑스포 유치 판세를 전망할 때 사우디 우세가 압도적이었고, 외교 실무자들 사이 에서도 유치하기 힘들 것이라는 전망이 많았다. 그러나 우리 언론은 한 번도 이를 제대로 다루지 않았다.

부산의 민심이 나빠지자 12월 8일 대통령은 재계 총수들과 부산에서 '먹방 쇼'를 하면서 부산 지역의 여러 개발 사업에 는 문제가 없을 것이라고 말했다.

처음에는 이 기사를 추측과 바램, 공상에 기반한 뉴스 범주에 넣으려고 하였다. 그러나 너무 표 차이가 많이 나고, 우물 안 개구리 같았던 한국 외교를 보여 주는 것 같아 자기중심적인 뉴스로 옮겨서 서술한다. 자기중심적인 뉴스는 객관성을 상실하여 현실 감각을 잃어버리게 만든다.

(4) 추측과 바램에 기반한 뉴스

<보도 1>

"쇼핑백 5000만원, 강기정에 보냈다" 라임 김봉현의 폭로 (단독, 조선일보 2020- 10-08)

1조 6000억원의 피해를 낸 라임자산운용의 배후 '전주'인 김봉현 전 스타모빌리티 회장이 8일 이강세 스타모빌리티 대표 재판에 증인으로 출석해 "이 대표를 통해 강기정 전 청와대 정무수석에게 5000만원을 건넸다"고 진술한 것으로 알려졌다. 김 전회장은 또 이날 재판에서 "이 대표가 배달 사고를 냈을 가능성도 있는 것 아니냐"는 검사의 질문에 "그럴 상황이 아니었다. 일간지 간부 등에게도 돈을 건넸다"고 말한 것으로 전해졌다. 이 대표는 라임의 배후 전주인 김봉현(구속) 전 스타모빌리티 회장의 정, 관계 고비 창구로 알려진 인물이다. 광주광역시 출신의 김 전 회장은 광주 MBC 기자 시절부터 알고 지낸 이 대표를 자신의 회사 대표로 앉힌 뒤 그의 정, 관계 인맥을 소개 받은 것으로 전해졌다.

이날 공판에서 김 전회장은 라임 조사 무마를 위해 전방위로 로비를 했다고 증언했다. 김 전 회장은 "오래된 지인 김모씨의 주선으로 이종필 라임 부사장과 함께 정무위원회 소속 김모 의원실을 찾아갔다. 김 의원이 직접 도와주겠다며 금감원에 전화했다"고 했다. 강 전 수석과 이 대표간 만남은 김 전 회장이 김 의원실을 방문한 이후에 이뤄졌다고 한다.

김 전 회장은 "피고인이 전화가 와서 내일 청와대 수석을 만나기로 했는데 비용이 필요하다고 말했다. 5개가 필요하다고 해 5000만 원을 전달했다"고 했다. 또 피고인이 청와대에 가서 수석을 만나고 돌아온 위 연락이 왔다. 수석이란 분이 김상조 실장에게 직접 전화해 "억울한 면이 많은 것 같다"고 "본인 앞에서 강하게 얘기해줬다고 말했다"고 했다. 이 대표가 청와대를 찾은 것은 지난해 7월이었다고 김 전 대표는 진술했다. 그러나 이 대표는 강 전 수석을 만난 사실은 인정하면서도 김 전 회장에게 금품을 받아 전달한 사실은 부인하고 있다. 이 대표의 변호인 측은 지난 9월 열린 공판에서 "피고인이 김 전 회장에게 돈을 받았다는 검찰의 주장은 김 전 회장의 진술에만 근거했을 뿐 증거가 없다"며 "라임 투자금을 받아야 피고인 회사가 살아날 수 있기 때문에 회사 대표이사로서 청와대 수석을 만난 것일 뿐"이라고 반박했었다. 김 전 수석은 본지 통화에서 "돈을 받은 사실이 전혀 없다"며 "김 전 회장의 진술은 완전 날조"라고 했다.

강기정 전 청와대 정무수석(현 광주시장)에 대한 뇌물 의혹 보도이다. 2020년 라임과 옵티머스 사모 펀드 사기 사건이 대대적으로 언론에 보도되던 때이었다. 뭔가 권력을 가진 정부 쪽의 인사들이 이 사건에 개입되어 부패한 정치인들이 드러나게 되면, 좋은 그림이 되는 시기였다.

그러나 실제로는 김봉현이라는 사람이 검사들에 대한 접대 향응을 베푼 것이 자꾸 밝혀져서 문제가 되고 있었다. 이때 사건에 관련된 검사 2명은 김영란법에 규정된 액수보다 적게 추산하여 법 적용이 되어, 소위 '99만원 불기소 세트'라는 말이 나오기도 하였다.

아마도 문재인 정부 쪽 인사와 관련이 밝혀지는 것이 없자, 이와 같은 추측성 보도라도 한 게 아닌가 싶다. 강기정 전 정무수석은 빠르게 이에 대해 대처를 하였고, 1심에서부터 대법원까지 특별한 혐의가 없는 것으로 무죄 선고를 받았다.

나는 청와대 정무수석이 무슨 일을 하는지, 어떤 힘이 있는 자리인지 잘 모른다. 그러나 전 시대와 사회를 거쳐 권력자와 그 주변에 있는 사람들은 물질적 욕망이 있고, 이 때문에 쉽게 부패할 것이라고 생각한다. 대중은 이런 식의 느낌을 집단 무의식의 원형(archetype)과 같은 형태로 가지고 있다. 그리고 그것이 사실로 나타난다면 쉽게 대중 집단의 분노를 일으킬 수 있다. 아마도 조선일보에서는 대중이 가지고 있는 이러한 원형적인 이미지를 가지고 곧 거짓으로 드러날 뉴스라도 지면에 과감하게 박아 넣었다. 위의 뉴스는 가짜뉴스로 판명이 났으나, 조선일보는 아무런 제재를 받지 않고 끝이 났다.

한국 사회에만 해당하지는 않지만, 많은 국가에서 언론은 보통 보수적인 정치인에 대해 친화적이다. 언론이 거대 자본에 연결되면서 이러한 경향은 더욱 심화되고 있다. 진보 정권의 청와대 정무수석에게 위와 같이 근거 없는 공격을 하지만, 보수 정당의 가능성이 있는 정치인에 대해서는 다음과 같은 찬사를 아끼지 않았다.

<보도 2>

"한동훈 말만 하면 화제, 신드롬"… 어록집 책으로 나온다 (서울경제신문 보도 요약 2022-10-12)

한동훈 법무부 장관의 어록을 담은 책이 크라우드 펀딩 방식으로 발간되는 가운데, 이 책을 펴내는 출판사 대표가 "한동훈 장관이 나오는 한 예결위 동영상의 조회수가 700만이 넘었다고 한다. 제가 보기에는 신드롬이라고 하지 않을 수가 없다고 생각이 들었다."고 출판 이유를 밝혔다.

11일 유지훈 투나미스 출판사 대표는 MBC 라디오 '김종배의 시선집중'에서 "출판계에서는 야당 인사들이 낸 책들이 베스트가 되는데 정부 여당에 속하신 분들은 거의 찾아볼 수가 없다고 해서 인사이트를 얻었다…"면서 이같이 밝혔다. 지난 9일 크라우드 펀딩 사이트 텀블벅에는 '한동훈 법무부 장관의 스피치'라는 제목으로 펀딩 모집 게시물이 올라왔다. 펀딩을 기획한 투나미스 측은 이 게시물에서 "한동훈 장관의 워딩, 취임 전후의 어록을 책으로 엮는다."면서 "취임식 영상의 조회 수는 역대 장관의 조회수를 다 합한 것보다 더 많을 정도로 한동훈 신드롬은 이미 사회적인 현상으로 자리 잡았다"고 취지를 설명했다.

이에 투나미스 측은 "한동훈 장관은 좌우 및 중도를 넘어 공감대를 형성하고 있다"며 "이념에 편중되지 않고 반박이 불가할 정도의 '촌철살인' 논리를 귀에서 눈으로 확인할 때"라고 덧붙였다. 유 대표는 진행자의 "한 장관 하면 팔릴 것 같아 책 만드는 게 아니냐"는 질문에는 "안 팔린다고 생각해서 내는 출판사는 없다"면서도 "기대하지 않는 포인트는 이 책이 한동훈 장관이 직접 쓴 게 아니다. 또 출판계에서는 책이 나와서 뚜껑을 열어보기 전까지는 이게 팔린다는 보장은 없다"고 했다.

유 대표는 책과 관련해 한 장관에게서 "연락이 오지 않았다"고 밝히면서, 만일 한 장관이 책을 내지 말아 달라고 요청한다면 "받아들일 의향은 있지만 지금 저희가 프로젝트를 게시했기 때문에 그거를 좀 말씀을 드려야 될 것 같다"고 말했다.

이제는 국민의힘 전 비상대책위원장이 된 한동훈 대표가 법무부 장관인 시절에 한 조그마한 경제지에 실린 기사의 내용이다.

포털 사이트에서 떠 있는 이 기사를 보면서 나는 위의 내용에 하나도 동의할 수 없었다. 한동훈 전 대표에게 인간적인 매력을 느끼지 못했기 때문이다. 또한 윤석열 정부의 첫 번째 법부부 장관을 하면서 국민을 위한 별다른 성과를 보여 준 것도 기억에 없다. 그러나 이 시기 한동훈 장관이 보수적인 정치 성향을 가진 국민에게 서서히 지지를 받기는 한 모양이다. 그렇다고 해서 신문에서 한동훈 대표에게 이렇게 찬양 기사를 쓰고 있는 줄은 몰랐다. 요즈음 소수 매체가 생존, 성장하기 위해 발빠른 행동이었던가.

가장 동의할 수 없는 것은 '신드롬'이라는 표현이었다. 이 단어는 이럴 때 쓰는 것이 아니다. 주로 어떤 사회 문화적 현상을 지칭하거나, 연예계나 스포츠 스타가 거의 대부분의 국민들에게 사랑을 받고 관심을 가질 때 나오는 표현이다. 정치권에서는 김영삼 정권 초기 개혁 정책이 90% 이상의 국민에게 지지를 받을 때나, 노무현 전 대통령이 '노사모'라는 팬클럽으로 바람을 일으킬 때나 언론에서 쓸 수 있는 말이다. 아무 성과도 없고, 말도 잘 못 하는 한동훈 비대위원장에게 쓸 수 있는 용어가 아니다.

또 다른 소수 매체인 서울신문은 2023년 10월 8일 한동훈 장관이 서초동 예술의 전당에서 있었던 런던 필하모니 오케스트라 공연을 보러 온 것과 관련하여 '조각 같다'느니 '대박'이니 하면서 호들갑을 떨었다. 한국에서 여성 정치인이 외모와 세련된 옷차림으로 주목을 받은 적은 많이 있어도 이렇게 초보 남성 정치인이 외모를 주 무기로 정치권에 등장하는 것은 처음인 것 같다. 실제로 그가 외모로 승부를 볼 수 있을지도 의문이었다.

이 모든 것은 한동훈 대표가 2023년 12월 26일 국민의힘 비대위원장으로 취임하면서 이해할 수 있었다. 이러한 보도 양태는 조선이나 중앙일보와 같은 주요 보수 언론을 통해서 세련된 형태로 더욱 강화되었다. 2024년 2월 보수 언론에서 너무 심하게 한동훈 대표를 찬양하여 여기에 인용과 서술이 감당이 안 될 정도로 보도가 쏟아져 나왔다. 연기는 시작되었고 새로운 스타는 빛나는 듯하였다.

이러한 연극적 방식의 행동과 신문 보도는 많았으나, 정작 2024년 4월 총선 시기에 한국 사회의 문제를 해결할 수 있는 적절한 정책을 제시한 것은 거의 없었다. 그의 약 100일 정도의 비대위 대표로서 활동이 끝이 나고, 새로 전당 대회를 통해 당의 대표가 되었다. 나는 그가 총선에서 자신의 활동과 결과를 어떻게 받아들이는지에 따라 이후의 행보에 많은 영향을 끼칠 것으로 생각한다.

정신건강의학과 의사로서 나는 그의 성격이 보였다. 내향적인 성격에 모범적인 삶을 살아와야 했던 경력은 그의 정치인으로서 변신에는 시간이 좀 걸릴 것 같다. 또한 나르시시즘적인 성향의 모습도 보였다. 이 두 가지를 좀 극복해야 할 것이다. 내향적인 성격 극복은 어렵지 않을텐데, 그의 나르시시즘은 마음에 좀 걸린다. 나중에 시간을 내어, 네팔 히말라야 산맥의 산악 트레킹이나 이탈리아의 돌로미티의 길을 한 번 걸어보는 것도 좋을 것이다. 순례길은 좀 어울리지 않는다.

<보도 3>

3만4000원짜리 김건희 신발, 공개 하루 만에 '품절' (조선비즈 2022-04-05)

윤석열 대통령의 아내 김건희씨가 자주색 후드티에 청바지 차림으로 등장해 경찰견과 함께 찍은 사진이 화제가 되면서, 김씨가 신고 있던 신발도 주목을 받았다. 후드티, 청바지와 달리 신발에는 로고가 있어서 어떤 제품인지 알 수 있었기 때문이다. 이 신발은 사진이 공개된 지 하루 만에 품절됐다.

김씨가 신은 신발은 국내 브랜드 '제뉴인그립(GENUINE GRIP)'의 '보르도30'이다. 회사 측은 사무실 슬리퍼, 미끄럼방지 조리화, 방수 신발, 병원·약국 간호사화 등으로 소개하고 있다. 제뉴인그립은 2007년 10월 설립된 국내 업체로, 서울 성동구 성수동에 본사가 있는 중소기업이다. 인터넷 포털 사이트 네이버에 개설된 회사 측의 공식 판매 사이트에 따르면 이 신발의 정가는 4만

4000원으로, 1만원 할인한 3만 4000원에 판매되고 있다. 이 사이드를 '찜'한 경우, 추가 할인이 더해져 3만 3300원에 살 수 있다.

김씨가 신은 아이보리 색상 모델의 경우, 5일 오전 9시 현재 사이즈 225㎜부터 255㎜까지 '품절'된 상태다. 남성들의 발 사이즈에 맞춘 260㎜부터 285㎜까지는 재고가 남아 있다. 김씨가 신고 있는 사진이 나온 후, 네티즌들이 구매하면서 재고가 떨어진 것으로 보인다. 블랙 색상 모델은 사이즈에 관계없이 재고가 남아 있다.

김씨 팬카페에서 네티즌들은 이 신발 사진을 공유하며 "나도 사고 싶은데 벌써 품절됐다" "완판녀 등극" "검소하다" 등의 반응을 보였다.

지난 대선 때 윤석열 대통령 당선인은 재산으로 77억 4534만 3000원을 신고했다. 이 가운데 윤 당선인 본인 명의는 8억 4632만 8000원, 김씨 명의는 68억 9901만 5000원이었다.

윤석열 대통령이 당선되면서 부인 김건희 여사에 대한 관심도 많아졌다. 대선 과정에서 여러 논란이 있기는 했으나, 그것은 조금 차치하더라고 실제 대통령 부인으로 생활은 다를 것이라는 기대가 있었기 때문이다.

대통령 부인으로 비교적 젊은 나이였고, 도회적이고 세련된 이미지가 있어서 그녀가 입는 옷이나 신발, 장신구 등에 대한 관심이 많아지셨다. 여사도 활발하고 대중친화적인 것을 좋아하나 사회적 위치가 있어 그 활동이 제한적일 수밖에 없다.

이러한 가운데 연합뉴스에서 찍은 사진과 같이 나온 위의 기사는 그녀의 일상 모습을 보여 주어서 가볍게 볼 수 있는 기사였다. 역대 대통령의 부인을 보면서 캐주얼한 복장을 본 적이 없어서, 후드티와 청바지, 신발을 가볍게 착용하고 경찰견과 같이 있는 모습이 좋아 보였다. 이렇게 찍은 사진에서 신선함과 청량한 모습마저 보였다. 신발에 대해 특별히 설명이 나왔는데 성동구 성수동에서 제작한 저가의 제품이었다. 검소해 보이는 모습이 좋아 보였다. 조선비즈 신문은 이렇게 보여 주는 이미지와 실제 현실이 일치하는 바램이 있었을 것이다.

이 뉴스를 보고 좋은 이미지도 있었지만, 뭔가 석연치 않은 느낌도 있었다. 연출이라는 것이 너무 표시가 나서 그랬던 것 같다. 그런데 이런 이미지의 모습이 진짜였고, 그녀 삶의 실제 모습이었으면 얼마나 좋았을까? 그랬다면 정말 얼마나 좋았을까?

제4장

히스테리 언론 보도와
일방적 편을 들어주는 보도의 관계

"연기성 성격장애는
반사회적 성향으로 발전할 수 있으며,
경계성 및 자기애적 성격장애의
증상을 같이 가질 수 있다."

- 임상 현장에서
정신역동적 정신의학 -

히스테리 언론 보도와
일방적 편을 들어주는 보도의 관계

앞서 품질이 낮은 뉴스를 나열하면서 일방적으로 편을 들어주는 태도와 뉴스, 히스테리적 뉴스, 가짜뉴스, 정보로서 가치가 없는 뉴스에 대해 이야기하였다.

그런데 우리의 인식은 시공간적 제한이 있어, 품격이 높고 신뢰가 가는 뉴스나 언론에 대해서 잊은 지 오래되었다. 얼마나 오랫동안 이런 뉴스를 편하게 즐기지 못하였는지 스스로 깨닫게 된다.

이 글을 읽는 독자 여러분은 어떠한가? 편하게 객관적이면서 상식적인 관점에 맞고 이를 표현하는 신문이나 방송을 최근 본 적이 있는가? 언론이라고 하면 우리는 바로 개혁의 대상이라는 생각이 먼저 떠오른다.

그래서 여기서 오랜만에 품격이 높고 신뢰가 가는 언론이 갖추어야 할 내용에 대해 먼저 이야기해 보자.

이미 앞에서 짐깐 언급하였던 직이 있다. 그것은 일단 진실을 보도해야 하는 것이 기본이 되어야 할 것이다. 추가적으로 부패한 권력을 비판하는 뉴스, 기득권의 불의를 고발하는 뉴스, 사회적 약자를 보호하는 뉴스와 같은 것을 의미한다. 좀 더 나아가 우리의 인생과 사회에 대한 통찰을 높여 주는 기사일 것이다. 사회적으로 신뢰를 가진 전문가가 쓴 수준 높은 칼럼에서 우리는 이런 것을 얻을 수 있다.

이런 뉴스와 기사가 축적되면 언론은 본연의 역할을 하면서 우리 사회의 소금과 자양분 같은 것으로 존중받을 것이다. 우리 공동체는 과거에 이러한 언론을 가졌던 적이 있다.

현재는 이러한 신문이나 방송사를 찾기 힘들다. 최근 한 기자를 만나서 이야기를 나누어 본 적이 있는데, 언론의 목적을 '정부를 비판하는 것'이라고 이야기해서 약간 놀란 적이 있다. 그런데 정부가 국민의 다수 입장에서 비교적 잘해 나가고 비난할 일을 하지 않는다면 어떻게 할 것인가? 물론 그 젊은 기자가 경험한 언론사의 시간과 경험이 정치적인 사안이 많았던 시기이기는 하지만, 기본적인 소양이 부족한 점을 느꼈다.

실제로 영국에서 마가렛 대처는 11년 동안 총리를 하였고,

노동당 정부는 1997년부터 14년 동안 토니 블레어와 고든 브라운을 거쳐서 집권하였다. 모두 시대에 맞는 정책과 국민에게 진정성 있는 태도로 헌신한다면 민주주의 틀 내에서 오랫동안 집권도 할 수 있는 것이다.

나는 언론의 첫 번째 기능이 진실을 보도하는 것이라고 생각한다. 그중에 정부를 비판할 내용이 있기는 할 것이다. 모든 정부가 다 똑같지는 않다.

나는 품질이 낮은 뉴스를 네 가지로 분류하였는데, 자의적인 분류를 한 것이기 때문에 약간의 설명이 필요할 듯하다. '일방적으로 편을 들어주는 태도와 뉴스'는 다르게 말을 하면 그냥 '편향적인 뉴스'를 의미한다.

이 편향적인 뉴스와 히스테리적 뉴스는 다르다. 일반 독자들이 구분하기는 힘들 수도 있다. 이유는 대부분 언론 매체는 자기 관점과 지향이 있기 때문에 일방적으로 편을 들어주는 태도와 뉴스로 보도한다고 생각할 수 있다.

그러나 꼭 그렇지는 않다. 과학, 기술, 교육, 생활과 같이 가치 중립적인 정보가 주를 이루는 영역이 많이 있다. 사회는 훨씬 더 복잡하고 다양하며 이러한 정보 전달에도 언론은 중추적인 역할을 한다. 물론 이러한 중립적이며 갈등이 보이지 않는 부분은 사회나 경제, 정치에 대한 뉴스에 가려지는 측면이 있기는 하다.

그러나 사회를 발전시키고 사람들을 생각을 변화시켜 우리 개인과 사회가 더 행복하게 살 수 있게 하는 영역인 사회나 경제, 정치 문제에서 언론의 역할은 정말로 중요하다. 언론은 이런 곳에서 더욱 강력한 힘을 발휘하기 때문이다.

일방적으로 편을 들어주는 태도와 뉴스는 히스테리 뉴스보다 힘이 강하다. 막무가내식이든, 교묘한 방식이든 일방적으로 편향적인 뉴스를 보도하는 것은 히스테리 뉴스보다 힘이 훨씬 더 막강하다.

현 정부의 예를 들면 2022년 9월 22일 윤석열 대통령이 미국에 방문하였을 때, 많은 언론에서 평상시 언어로 들었을 때 욕설을 한 것처럼 들린 것을 보도하였다. 이때 대통령이 말을 하면서 그 발음이 '바이든'이라고 들리는 부분이 있었다. 이를 대부분의 방송이 보도하자, 청와대에서 바이든이 아니라 '날리면'이라고 정정을 하였다. 국익을 위해서라고 했지만 그 부분이 바이든이라면 문맥상 약간의 문제가 되는 것이었다. 워낙 초기에 정부 외교에서 문제가 되었기 때문에 여러 가지 이슈가 되었다.

이에 대한 논란이 지속되자 방송통신심의위원회(방심위)는 평소 마음에 들지 않았던 MBC의 보도를 콕 집어서 3000만원의 과징금을 낼 것을 결정하였다. 비속어를 쓴 것을 여과 없이 보도하였다고 하며, 실제로 바이든이 아니라 '날리면은'이라고 말했다는 것이다.

그러나 유튜브 등을 통해 확인해 보면 MBC에 대한 이러한 결정이 얼마나 부당한 것임을 알 수 있다. 모든 방송사가 이에 대해 보도하였으나, MBC에 대해서만 이런 처벌을 내린 것을 다른 방송사들은 모른 척을 하고 숨죽이고 있다. 이런 것은 정권에 의한 폭력에 가까운 것이며 일방적으로 편을 들어주는 태도의 전형이다. 진실을 보도하는 것은 이래서 힘든 것이다.

아주 오래 전 어렸을 때 일이다. 전두환 군부 독재의 시기 북한의 '금강산댐 폭파에 의한 수공' 때문에 서울이 수장될 것이라는 뉴스가 1면 톱으로 나온 적이 있었다. 모든 뉴스가 이에 대한 내용으로 덮였던 적이 있다. 수주 동안 이에 대한 뉴스가 나왔는데, 이에 의문을 품거나 비판을 하는 뉴스나 방송을 보지 못했다. 아마 부모님께서 이에 대응하는 '평화의 댐' 건설 비용 모금에 참여하기도 하였던 것 같다. 이때는 정부에 비판적인 뉴스를 쓸 수 없었다.

한참이 지난 후에야 이와 같은 수공으로 서울을 잠기게 하는 것이 불가능하다는 뉴스를 보았다. 어린 마음에 얼마나 안심하였는지 지금도 생각이 난다. 군부 독재가 끝난 이후 그 뉴스 보도의 전모를 밝힌 짧은 해설 기사를 보았다. 아마 그렇게 모금한 돈으로 평화의 댐을 건설하였지만 정치 자금으로도 많이 가지 않았을까 생각한다.

지금은 이런 뉴스가 나온다면 바로 비판할 수 있는 매체들이 있어서 그나마 다행이라고 해야 하나 싶다.

일방적으로 편을 들어주는 뉴스와 히스테리 뉴스, 두 가지가 완전히 구분되는 것은 아니다. 히스테리 뉴스는 일방적으로 편을 들어주는 태도와 뉴스의 부분 집합이나 합집합, 독립집합으로 존재한다. 교집합이 있으나 독립적인 부분이 있어 합집합이 되고, 때로는 거의 완전히 독립적으로 존재할 수도 있다.

문재인 정부 시절 Covid-19에 대한 방역은 매우 잘한 대처로 알려져 있다. 그러나 정부가 잘하는 것에 대해 어떻게든 지적을 하고 싶었던 한 신문은 "확진 어머니, 마지막 인사도 못해… 이 나라는 배려조차 없다."는 기사를 썼다. 내용은 일주일의 기간에 코로나로 두 부모 잃은 자녀의 마음을 표현한 것이다. 수의도 못 입히고 접촉을 할 수 없는 상황에서 얼굴도 제대로 보지 못하고 화장을 할 수 밖에 없었다는 사실을 위와 같이 표현했다.

그런데 아무리 이런 식으로 보도해도 변하는 것은 없다. 그 시기 방역 원칙이 그랬던 것이며, 그 이상도 이하도 아니다. 아무도 잘못한 것은 없다. 뉴스를 이런 식으로 감정적인 방식으로 쓰는데, 이것은 다른 사실들과 아무런 연관이나 의미가 없다.

나는 이런 식의 기사를 히스테리 뉴스의 하나라고 생각하고 일방적으로 편을 들어주는 뉴스와 독립적인 부분이 있는 것을 지적한다. 물론 이 기사는 초점이 잘못된 것이긴 하다.

가짜뉴스는 일반 대중들도 쉽게 알 수 있어 그것의 사실 여부를 판단하는 데에 큰 어려움이 없는 내용이다.

예를 들면 어떤 자동차 기술자가 휘발유 대신 H2O, 물로 자동차를 움직일 수 있는 기술을 개발하였다고 주장한다면 대부분 그것에 대해 믿지 않는다. 가짜뉴스는 일방적으로 편을 들어주는 뉴스의 부분집합으로 포함될 수 있으나, 그 기사 내용이 너무 황당하다면 그냥 의미 없는 독립적인 뉴스가 된다. 그런데 위와 같은 뉴스가 과거에 실제로 있었다.

최근에는 상온 초전도체를 개발하였다는 뉴스가 나와 잠시 관련 주가가 출렁인 적이 있다. 전 세계적으로 관심을 보인 뉴스이었다. 그러나 결국은 교묘한 방식의 가짜뉴스이었으며 우리가 기대하는 일은 벌어지지 않았다. 일종의 상온에서 작동하는 자석이었다. 이런 식의 가짜뉴스는 일반인들이 알기 어려운 첨단 기술 분야나 생물학, 생명과학의 영역에서 많이 나온다.

정보로서 가치가 없는 뉴스는 하루에도 연예지나 스포츠, 그것으로 내용을 구성하는 포털 사이트에 많은 면을 메운다. 정치, 사회 영역에서 요즈음은 자주 나타나기도 한다. 대부분은 자신의 삶과 무관하기 때문에 크게 신경을 쓰지 않는다. 정보로서 가치가 없는 뉴스는 보통 점집합으로 존재하나, 아주 가끔 사회 문화적 뉴스를 포함한 모든 뉴스를 덮을 만한 정도의 먹집합으로 나타나기도 한다. 아주 아주 드물게 그렇다는 이야기이다.

피겨 스케이팅 선수 김연아나 방탄소년단(BTS) 같은 사람들이 그렇다. 아주 오래 전에 일이다. 여자 후배 중 한 명이 김연아가 선수가 유명해지기 전에 자신만이 뉴스 보도를 보고 그 가능성을 탐지하였는데 이제 모두가 알게 되어서 속상하다고 이야기하였다. BTS도 이러한 과정을 거쳤다. 그러나 거의 대부분 연예지의 기사는 지면 상의 점집합으로 있다가 사라진다.

히스테리적 언론 보도와 다른 식의 언론 보도와의 관련에 대해서 알아보았는데 다시 돌아와서 언론의 이러한 히스테리성 보도에 대한 사회적 반응과 결과에 대해서 하나씩 알아보자. 이것이 더 중요하다.

제5장

히스테리 언론 보도는
사회를 어떻게 변형시키는가?

"나는 빈약한 진실보다 화려한 허위를 사랑한다."

- 로제 바딤 (무라카미 하루키 소설 인용) -

히스테리 언론 보도는
사회를 어떻게 변형시키는가?

앞에서 간단히 히스테리성 뉴스에 대해서 범주를 나누어 3가지씩 보도 사례를 들어 보았다. 히스테리성 뉴스 행태를 설명하는 데에 충분하다고 생각하지 않지만, 이런 식의 뉴스는 우리 주변에 널려져 있다. 오늘도 주요 포털 사이트에 들어가면 수많은 예들이 차고 넘친다. 이제 좀 지겹기는 하지만, 그래도 우리는 이런 식의 보도에 의식적, 무의식적으로 또 클릭을 하게 된다. 우리의 생각은 빈약하고 건조한 현실보다 약간의 거짓말과 화려한 허위에 더 끌리기 때문이다.

그 결과 개인은 이를 모방하게 되고 인간관계에서도 부정적인 영향을 미친다. 조직 내 인간관계에서도 이런 모습이 나타날 수 있는데, 이러한 분위기가 조직 내에 퍼지게 되면 구성원들의 긴장 수위는 높아지게 된다. 조직 구성원들이 많은 부분에서 자신의 감정을 앞세우고 표현하면 그 조직은 존립할 수 없다. 때로는 조직이 심각한 혼란 상태에 빠질 수도 있다.

반대로 국가 권력은 언론을 통하여 개인과 사회 분위기에 어떤 감정 상태를 만들어 낼 수 있다. 국가가 어떤 경제적 위기나 재난 상황을 맞이하였을 때, 국가는 대중의 애국심에 호소하여 국가에 대한 어떤 헌신을 모을 수 있다. 이에는 여러 감정적인 선전과 선동의 방법이 활용된다. 과거 권위주의 시대에는 한반도의 분단 상황에서 전쟁 위기를 과장하고, 국지전의 가능성을 언급하는 것을 통하여 이러한 사회적 긴장과 불안을 높일 수 있었다.

이 장에서는 개인과 일상생활, 소규모 집단, 사회, 국가 권력 등 다양한 상황에서 히스테리적인 모습이 어떻게 나타나는가 서술해 본다. 그리고 이러한 과정과 결과의 결과는 바로 사회의 극장화이다.

(1) 외래에서의 경험

최근에 보았던 몇 명의 외래 환자는 우리 사회의 히스테리적인 분위기를 반영하는 듯하여 여기서 일단 3가지 사례로 소개해 본다.

한 명의 청소년 학생 환자와 그의 어머니가 외래를 방문하였다. 그 이유는 고등학교 1학년 학생 환자가 학교 폭력의 가해자로 지목되어 학교폭력위원회에 나가는 것 때문이었다. 그는 학교에서 사회성이 떨어지는 친구 한 명을 왕따시키고 괴롭혀 학교폭력위원회(이하 학폭위)에 회부되었다. 이에 곧 있어 학폭위에 나가서 해명을 해야 하는 처지가 되었는데, 이것이 짜증이 난다는 것이었다.

아이의 태도는 반성의 기미가 별로 보이지 않았지만, 얼굴은 어두워 보였다. 환자 어머니의 요구는 학교에서 가해자가 된 아들이 평소와 달리 우울하고 기분이 안 좋아 보이니 진단서를 써 달라는 것이었다. 앞길이 창창한 아들의 미래가 걱정되기도 했을 것이다.

다른 예는 20대 초반의 여성이었는데 약 1년 동안 잘 사귀어 오던 남자 친구가 있었는데 자신에게 이별을 통보하였다고 말했다. 그런데 자신에게 헤어지자고 한 이유가 분명하지 않아 자신이 마음의 상처를 입었다고 하였다. 심리 검사를 해서 자신이 상처를 입은 것을 증명할 수 있었으면 좋겠다고 하였다.

이러한 검사의 목적이 무엇인지는 물어보았는데, 환자 자신도 잘 설명하지 못하였다. 두 사람이 사귀는 동안 특별한 일이 있었는지 질문을 하였다. 환자는 남자 친구가 좋은 사람이었다며 뚜렷한 언어적, 신체적 학대나 폭력은 없었다고 하였다.

첫 번째는 어머니에게 청소년기에 학생이 잘못한 일이며 아이의 미래를 위해 반성과 훈육이 필요함을 에둘러 설명하였다. 치료자의 의도와 분위기를 파악하였는지 별다른 이의 없이 아이를 데리고 나갔다.

두 번째 사례의 여성에게는 사랑에 대한 어쭙잖은 충고와 더불어 이별에 대한 애도 반응을 설명하였다. 그 애도 반응의 단계에는 분노가 포함되어 있다. 일단 조금 지켜보자는 치료자의 제안을 환자가 받아들였는데 그 다음 외래에서는 볼 수 없었다.

두 가지 사례 모두 지나친 감정성과 자기중심성의 결과로 과거에는 볼 수 없었던 외래 환자의 경험이었다.

세 번째 환자는 고등학교 1학년 남학생이었는데, 어머니와 같이 외래를 방문하였다. 처음부터 어머니가 이야기를 많이 하였다.

내용은, 아이가 공부를 조금 잘하여 살고 있는 지역의 유명 수학 학원에 등록하였다고 한다. 소수의 정예반으로 운영되는 학원이었고, 학원장 면담 당시에 아이의 수학 성적을 잘 올려보겠다는 이야기도 했다고 하였다. 그러나 몇 달이 지났지만, 아이의 성적은 오르지 않았다. 아이는 학원 선생님으로부터 성적이 오르지 않고 공부를 열심히 하지 않는 것에 대해 질책을 들었다고 한다. 이런 일이 반복되었고 아이는 공부를 못하게 되었으며 이전보다 성적이 떨어졌다고 했다. 이 정도까지는 그냥 있을 수 있는 일이라 생각하여 치료자로서 지지적인 면담을 하면서 필요한 것이 무엇인지 찾으려고 경청하였다.

그런데 이어진 이야기는 다음과 같았다.

"그 원장이 아이 수학 성적을 올려 주기로 처음에 약속을 했다니까요. 이 동네에서는 제일 잘 한다고 했는데… 그렇게 약속을 했는데 아이가 성적이 떨어졌어요. 이거는 아니죠. 아이가 이제 공부도 하기 싫어하고 학원 가기도 싫어해요."

어떻게 반응해야 할지 몰라서 망설이고 있는 사이에 어머니는 말을 이어 나가고 목소리도 높아졌다. "공부를 열심히 안 한다고 야단도 많이 맞고 큰 소리도 들었다고 해요. 자 같은 것으로 맞은 것 같기도 해요. 이건 아동학대예요… 아동학대."

나는 어머니의 말씀에 동의할 수가 없어서 조금 멍하게 있으면서 어머니의 화가 가라앉기를 기다렸다. 아이는 별로 우울해 보이지 않았고, 맑은 얼굴로 조용히 앉아 있었다. 신체적으로 맞은 적도 없다고 했다. 별로 할 이야기도 없었고 나 자신이 혼란스럽기도 하였다. 어머니는 내가 자신의 의견에 동의해 주지 않자, 몇 번 더 언성을 높이는 모습을 보였다.

결국 화를 내면서 진료실을 나가기는 하였는데 치료자인 나로서는 오랜만에 겪어보는 당황스러운 경험이었다. 어머니는 이미 그 학원 선생님을 아동학대로 고소를 한 것처럼 이야기한 것 같기도 하다.

이 세 번째 사례는 아동학대에 대한 잘못된 이해, 아들이 경쟁에 떨어지는 것에 대한 좌절감이 심했던 것으로 생각한다. 한국 어머니의 아들 사랑은 세상 어디에 견주어도 부족함이 없다. 이런 경우 그 잘못을 학원 선생님에게 돌리면 자신의 마음이 편해질 수 있다. 정신분석에서는 이런 식의 심리적 방어기제를 투사(projection)라고 한다.

이외에도 여성 혐오 감정이나 부동산 투자를 한 이후의 불안감과 같은 주제로 상의하러 오는 사람도 있었는데, 모두 내가 어떻게 해결할 수 있는 문제가 아니었다. 이러한 방문객들은 기존의 질병 분류 체계에서 환자로 넣기도 힘들다.

연기성 성격장애로 책의 이야기를 시작하였는데 이에 대한 설명을 덧붙인다. 정신건강의학과의 외래에서 일반적으로 연기성 성격장애 환자는 많지 않다. 그것은 환자들이 보통 자신의 감정 상태와 행동 양상에 대해서 친화적(ego-syntonic)이어서 자신의 문제를 거의 깨닫지 못하는 경우가 많기 때문이다.

두 번째는 이러한 성격적인 경향이 있어도 자신의 분야에서 적응하며 지내면서 성과는 내는 사람도 적지 않게 있다. 이들은 이러한 자신의 성격을 능력으로 생각한다. 물론 주변의 사람들이 힘들기는 하다. 만약 회사에서 상사가 이러한 성격이 있는 사람이라면 아래에 있는 사람은 그의 변화무쌍한 감정 변화와 그에 동반하는 상황적 논리에 맞추어 주느라고 스스로 소진(burnout)되는 경우가 많다.

실제로 연기성 성격장애 환자는 우울이나 불안, 무기력 등의 정신병리적인 문제로 외래 방문을 한다. 그들이 무의식적으로 가지고 있는 병적인 관심과 애정에 대한 욕구는 현실에서 잘 충족되지 않기 때문이다. 이들 중에 자신의 문제에 대해서 어느 정도 병식이 있는 사람들을 대상으로 정신 치료를 시도하기는 하나 그것도 쉬운 작업은 아니다.

그러나 이와 같은 연기성 성격 성향이 학습되고 모방되는 분위기가 사회적 현상이 되어서는 안 된다. 개인에 있어서는 정상적인 성격 및 개성의 발달을 저해할 수 있다. 그리고 사회관계에서 질서가 없어지고, 사회 구성원 간의 많은 갈등이 표출될 수 있다.

(2) 감정의 전파

현대에서 사회적 감정 전파는 제도화된 언론과 인터넷, 개인 SNS, 권위 집단의 행동에 의해 일어난다. 이러한 감정의 전파는 사회를 긍정적인 또는 부정적인 방향으로 이끌 수 있다. 사회에서 감정의 전파는 '매체'에 의해 일어난다고 하는 연구를 한 책이 있어 이를 소개한다.

리 대니얼 크라비즈의 『감정은 어떻게 전염되는가(strange contagion)』라는 책이다.

이 책은 2009년 실리콘밸리 명문고 아이들의 연쇄 자살 사건이 있었던 팰리앨토 지역의 사건을 계기로 연구가 시작되었다. 불과 6개월 만에 5명의 아이가 자살을 한 사건으로 지역뿐 아니라 미국 사회에 충격을 주었다.

이 책에서는 먼저 '사회 전염 사건'이라는 개념을 설명하면서 이야기를 시작한다. 사회 전염 사건이란 생각과 감정과 행동이 전염되면서 타인이 우리 삶에 영향을 주는 사건을 이야기한다.

리 대니얼 크라비츠는 이후 '매체 매개 가설'을 제기하며 그 내용을 담았다. 여기서 매체라는 것은 방송이나 신문, 잡지 같은 것을 의미한다. 책의 내용 중에 두 개의 예를 들어 이러한 매체가 감정을 어떻게 전파하는지 설명한다.

그는 책의 2부 '완벽한 모델'에서는 신경성 폭식증이 방송이나 잡지에 어떻게 영향을 받았는지 대해 기술하였다. 저자는 '신경성 폭식증'이 서구 사회에서 1970년대 처음에 조금씩 보고되던 환자들이 1980년대와 1990년대를 거쳐 어떻게 폭발적으로 늘어났는지에 대해 설명하였다. 그것은 여러 잡지와 방송에서 나오는 이상적인 몸매를 가진 유명인의 모습이 영향을 미쳤다는 것이다. 실제 정신건강의학과에서는 1980년대 처음으로 '신경성 폭식증'이라는 진단명이 도입되었다.

그리고 남태평양 피지 공화국의 예를 들어 이러한 설명에 설득력을 더하였다. 이 국가에서 신경성 폭식증의 사례가 한 건도 없었는데 1995년 이후 청소년 사이에서 이 장애의 위험성이 29%까지 상승했다는 것이다. 그것은 피지 공화국에 1995년 처음으로 TV가 보급되었고, 여러 프로그램에서 나온 서구 청소년 아이들의 모습에 영향을 받았다는 것이다.

제3부 '혼란에 빠진 사람들'에서는 사회적 권위를 가진 사람이나 조직에 의해서 이러한 망상적 생각과 감정이 어떤 방식으로 확정, 강화되는지를 보여 주었다.

2001년 미국 쌍둥이 무역 빌딩을 공격한 알 카에다에 대한 두려움은 미국 사회에 전염병처럼 남아 있었다. 2004년 미국 인디애나주 피셔스 주민들의 이야기가 여기서 나온다. 이 조그만 마을의 회관에서 주민들은 단순히 '마을을 대상으로 테러를 시도하면 어떻게 하나'는 회의를 했는데 이것으로부터 이 작은 공동체에 테러에 대한 불안과 두려움으로 퍼져나가기 시작했다.

이 두려움은 커져서 국가정보국과 지방경찰 조직까지 개입하게 되어 이에 공식적으로 대응하게 되었다고 한다. 국가 기관들은 공청회를 하여 마을 주민들의 두려움을 없애려고 하였고, 만일의 상황에 대비한 반테러 훈련까지 하게 되었다.

그런데 정작 문제는 정부 조직의 공식적인 개입과 이러한 가상적인 시뮬레이션 훈련이 마을 사람들의 불안과 공포를 더욱 증폭시켰다는 것이다. 일반 개인에게 권위 집단의 직접적 개입은 어떤 방식으로도 문제를 확대시킨다.

현대 사회에서 신문이나 방송, 인터넷과 포털 사이트, 정부 권위 기관의 정책과 개입이 대중의 감정 전파에 절대적 영향을 미치는 것은 확실하다. 그러면 다음에는 이러한 감정 전파 중의 하나인 히스테리가 일상적인 인간관계부터 시작하여 소규모 집단과 조직, 한국 사회에 어떤 방식으로 나타나고 있는지 알아본다.

(3) 일상적인 인간관계와 소집단

우리의 일상적인 삶과 인간관계에서도 권위 조직이나 언

론 매체에 의해 많은 영향을 받는다. 히스테리적인 언론 보도에 일상적으로 노출이 되면, 그것은 일상적인 인간관계와 소집단에 영향을 미친다. 이에 대한 학습과 모방이 이루어지며, 소집단 내의 사람들의 갈등이 있다고 했을 때 그것에 대한 갈등의 정도나 긴장도를 높이게 된다.

여기서는 이러한 히스테리적 분위기가 우리 일상에 어떻게 침투해 있으며 그것이 나타나는 양상을 일단 하나의 사건과 신문 보도로 조감해 보고자 한다. 그리고 이후 직장과 교육 현장의 문제를 다루어 보고자 한다.

첫 번째는 2022년 5월에 있었던 연세대 학생들의 학교 청소 노동자에 대한 소송 사건이다. 연세대학교 학생 3명은 캠퍼스 청소, 경비 노동자들이 처우 개선을 요구하며 연 집회의 소음 때문에 학습권을 침해당했다며 연세대 공공운수노조 집행부를 업무방해 등의 혐의로 형사 고소를 하였다. 이와 별도로 수업료와 정신적 손해배상금 약 640만원을 배상하라는 민사 소송도 동시에 제기했다.

2022년 5월 포털 사이트에서 이러한 소송을 걸었다고 하는 뉴스를 보았다. 처음 뉴스를 보았을 때부터 마음이 불편했던 느낌이 있어 기억에 남아 있었다. 공부에 전념해야 하는 학생들이 돈과 시간을 들여 소송을 걸었다는 사실에 대해 의아심도 들었다. 경쟁이 일상화된 사회에서 칼같이 예민해진 학생들의 모습이 떠오르기도 했다.

2024년 2월 6일 서울 서부법원에서는 이 사건에 대해 1심에서 학생들이 낸 손해배상소송에서 원고 패소로 판결하였다. 소송 비용도 모두 원고가 부담하는 것으로 판결이 났다. 그리고 한 방송에서 연세대 공공운수노조를 대변하여, 이 소송을 맡았던 같은 학교 졸업생 변호사의 의견을 비교적 자세히 보도하였다. 이 사건을 맡았던 변호사는 "공동체에 대한 연대 의식 없이 오로지 자기만의 권리를 주장할 수 없음을 확인하고, 학생들이 책에서 배울 수 없는 것을 깨닫기를 바란다"고 말하였다.

과거 내가 대학교에 다닐 때 학생들과 청소 노동자와의 관계는 나쁘지 않았다고 생각한다. 학생들은 교실과 도서관, 캠퍼스를 정리해 주는 분들에 대해 표면적으로나마 감사하는 마음을 가졌던 것 같다. 주로 부모뻘이 되는 정도의 관계이며, 마음대로 어지럽게 해 놓은 교실을 치워주는 고마운 존재로 기억한다. 그리고 이들이 어떤 주장을 한다면 학교와의 관계에서의 문제이거니 했지, 별다른 생각이 없었다.

그런데 학습권 침해를 이야기하며 소송을 하는 이 친구들에 대해 예민하다고 해야 하나, 자기주장이 강하다고 해야 하나, 아니면 노동조합이라는 조직은 우리 사회에 하나의 소음에 불과하다고 생각하는 것인가? 그냥 혼란과 어지러움이 든다.

이러한 일상 이외에도 우리의 평범한 삶의 다른 영역에서도 사회적 예민함이 얼마나 높아져 있는지 보여 주는 기사가 하나 있어서 소개한다. 조금 길더라도 기사 전문을 옮겨 본다.

<보도>

'벚꽃 인파 속 유모차와 부딪쳐 "죄송"⋯ 아이 부모 "진단서 끊겠다"' (뉴스1, 2023-4-3)

벚꽃 인파에 유모차와 부딪힌 여성이 아이 부모로부터 "진단서를 끊겠다"는 이야기를 들었다며 황당함을 호소하였다.

지난 1일 한 온라인 커뮤니티에는 "아기 유모차와 부딪쳤는데 진단서를 끊겠대요"라는 제목의 사연이 올라왔다. 글쓴이 A씨에 따르면 그는 이날 낮에 작은 삼거리 쪽을 걷고 있었고 주말에는 벚꽃 인파, 자전거 무리 때문에 혼잡했다. 삼거리에서 길이 합쳐져 사람들이 합류하는 구간에 다다랐을 때, 문제가 발생했다. 당시 급하게 움직이던 A씨는 반대편에서 오던 유모차 바퀴에 발이 걸려 부딪힌 것이다.

심하게 부딪친 것은 아니었다고 주장하는 A씨가 곧장 "죄송합니다"라고 사과한 뒤 가던 길을 가려고 했다고. 그러자 유모자를 끌던 부부가 "저기요"라며 그를 불러 세웠고, 아기 엄마는 "그러고 가시면 어쩌냐"고 따졌다.

이에 A씨는 "죄송해요. 괜찮으세요?"라고 묻자, 아기 엄마는 "애가 어린데 다쳤냐고도 안 물어보세요? 부딪칠 때 유모차가 흔들려서 아기가 유모차 기둥에 얼굴이라도 박았으면 어쩔 건가요?"라고 화를 냈다. 동시에 "붐비는 시간에 조심성 있게 다녀 주세요"라고 A씨를 나무랐다

A씨는 "솔직히 길 가다라 흔히 가볍게 부딪치는 그 정도여서 괜찮고 말고 할 것도 없었다. 의아했지만 일단 죄송하다고 했다."며 "근데 옆에서 애 아빠가 애 엄마한테 귓속말로 뭐라고 몇 번 말했는데 그때마다 애 엄마가 저를 약간 나무라는 식으로 말하더니 나중에는 얼굴까지 벌겋게 되어 '연락처를 남기고 가라'고 길길이 뛰다시

피 했다."고 설명했다.

이어 '아이 데리고 가족끼리 나와서 속상했나?'라는 생각이 들었지만, 길에서 언쟁하기엔 아기도 너무 얌전히 있었고 부딪쳤다고 울지도 않았다"며 유모차 안을 자세히 보지 못했지만 다칠만한 충격이 전혀 아니었다"고 억울해했다.

참다못한 A씨가 "어머님, 속상하신 건 알겠는데 연락처까지 드리고 가야 하나요?"라고 하자, 아기 엄마는 "진단서를 끊어줘야 해서 그렇다. 아기들은 자기가 어디가 아픈지도 모르고 병원 가기 전엔 티도 안 난다"고 말했다. 옆에 있던 아기 아빠도 "그냥 연락처 주고 가라"고 했다고 한다.

A씨는 "거기서 무시하고 가면 도망가는 것 같아서 애 엄마한테 번호를 주고 왔는데 이게 그렇게 잘못한 거냐"며 "유모차 부딪친 거로 서너 번 죄송하다고 했으면 된 것 같은데, 진단서 끊어서 뭐 어쩌겠다는 건지 치료비 달라는 거냐"고 하소연했다.

그러면서 "아기는 진짜 다친 곳이 하나도 없어 보였다. 유모차 안에는 자는지, 깼는지, 노는지 구별이 안 될 정도로 얌전했다. 제가 그렇게 잘못한 건지 궁금하다"고 물었다. 사연을 접한 누리꾼들은 A씨의 잘못이 없다고 입을 모았다. 이들은 "경찰서에 신고부터 하고 하자", "그 부부가 공갈 사기단 같다.", "집에서 애 학대하고 남한테 덮어씌우려는 거 아니냐", "자식 가지고 돈 벌려는 듯" 등 부부를 지적했다.

한편 아기 엄마로 추정되는 B씨가 댓글을 직접 남기기도 했다. B씨는 "왠지 저희 애기 같다. 어떤 학생이 휴대전화를 정신없이 들여다보면서 뛰어오다가 아이가 탄 유모차에 박았다"며 "그날 집에 와서 계속 그 학생의 태도에 화가 나고 아이 걱정도 돼서 밥 한 숟가락을 제대로 먹지 못 먹었다"고 분통을 터트렸다.

B씨는 "다치지도 않았는데 돈 뜯으려고 한다는 댓글이 있던데, 절대 아니다." 라며 "혹시라도 필요한 일에 대비해서 번호 받아놓은 거고, 제 번호도 A씨 휴대전화에 뜨게끔 했다. A씨가 엄청 사과했다는 듯이 적어놨는데 전혀 그렇지도 않다."고 반박했다.

끝으로 B씨는 "딱 봐도 대학생밖에 안 돼 보이는데 따박따박 말대꾸하고 옷이며 머리며 공부라곤 담쌓게 생긴 날티 스타일이더라"라며 "그런 학생이 건성으로 내뱉으면서 기어오르는데 누가 가만히 있겠냐. 어찌나 눈 치켜뜨고 대들던지 이러다가 한 대 치겠다는 생각도 들었다"고 A씨를 비난했다. B씨는 "아이가 이제 돌잡이밖에 안 돼서 몸도 연약하고 손도 많이 가는 시기다. 지금 괜찮아도 내일 어떻게 갑자기 아플지 모르는 개월 수"라며 "딱 봐도 근처 대학 다니는 학생 같은데 행동 똑바로 하고 다녀라. 남의 뒷담화하지 말고"라고 덧붙였다.

기사를 읽어 보면 우리 인간관계에서 조금의 거리와 여유가 없어질 경우, 어떤 일이 벌어지는지 보여 준다. 더 설명하지 않아도 어떤 상황인지 알 것이다.

결론적으로 기자는 아기 엄마의 대응이 조금 과도하였다는 것을 지적하고 있기는 하나, 이러한 결론을 내리는 데에 스스로 약간의 혼란을 겪은 듯하다. 이렇게 감정이 부딪치는 상황에서는 어떤 판단을 하기 힘들다. 그리고 아이가 위험에 처할 가능성이 있었다고 하는데 무슨 이야기를 할 수 있는가?

두 가지 점에 대해서 슬픈 마음이 든다. 이런 뉴스가 쓰여질 정도로 우리 사회 개인들 간의 여유와 공간이 없어지고 있다는 점이 슬프다. 또한 온라인 사이트에서 이런 갈등을 건져내 기사화 하는 젊은 기자를 보는 것도 슬프다.

한국 사회의 조직이나 집단에서 생활은 쉽지 않다. 회사, 공무원, 학교, 군대 등 모든 조직할 것 없이, 일을 잘 수행하며 인간관계를 잘 해내는 것은 참으로 어렵다. 직장 내 업무 강도나 경쟁도 모두 만만치 않다.

수년 전부터는 직장 생활에서의 어려움을 호소하는 환자들이 많아지고 있었다. 과거에는 그 어려움을 모호하게 이야기하는 경우가 많았는데 요즈음은 자신이 겪는 문제가 '직장 내

괴롭힘'이나 '왕따'라고 하면서 그 부당함을 호소한다. 결국 소집단 내에서 인간관계의 문제인데 그 어려움의 수준이나 분노의 강도가 이전보다 많이 높아진 느낌이다.

면담을 자세히 해보면, 직장 상사나 조직 구성원 내부에서 이러한 문제가 발생하고 있으며 환자의 이야기가 합리적인 경우도 있다. 그러나 그렇지 않은 경우도 많다. 어떤 환자는 직장 상사가 의도적으로 과도한 업무를 주고 나쁘게 평가한다며 이를 직장 내 괴롭힘으로 명시해 줄 것을 요구하기도 한다. 정신건강의학과를 찾아 온 의도가 있는 것이다.

정신건강의학과 의사로서 경력이 있기 때문에 어떻게 도와줄 수 있고, 한계가 무엇인지 잘 설명해서 이해시킬 수는 있다. 그러나 이러한 주관적인 감정 상태를 외부로까지 가져와서 해결하려는 모습은 차츰 더 늘어나고 있다. 대체로 일시적 휴직이나 퇴직으로 마감하는 경우가 많기는 하나, 그 감정을 노동청이나 법원에까지 가서 기어이 풀어내고자 하는 모습도 자주 보인다. 직장 내 왕따의 문제도 비슷하게 결말을 맞게 된다. 조직 내 소규모 집단에서 감정적 갈등을 합리적으로 해결하는 것이 점점 어려워지고 있다.

이런 조직이 일을 중심으로 한 것이면 상관이 없는데 사람을 다루는 일이라면 이야기가 조금 달라진다. 교육 현장의 문제이며 아직 진행 중인 사안이기도 하다. 학교에서 학생들을 훈육하는 문제이며, 정신건강의학과 의사의 의견이 필요해 보여서 하나의 주제로 다룬다.

약 10여 년 전부터 학교 선생님들이 외래에 방문하여 직무 수행의 어려움을 이야기하는 경우가 많아졌다. 주로는 학부모와의 관계에서 문제가 발생하는데 어린이, 청소년의 훈육에 대한 의견 차이로 인하여 학부모가 선생님을 비난하는 민원을 제기하는 것이다.

점점 횟수가 늘어나기 시작하였는데, 특히 이러한 어려움을 겪는 초등학교 선생님의 외래 방문이 늘었다. 일단 이러한 문제가 시작되면 선생님은 이미 소진이 된 상태로 외래에 오고, 그야말로 심리적 붕괴에 빠져서 오는 분도 있다. 이러한 선생님들을 돕기 위해 시스템, 즉 문제 학생을 도와주는 체계, '위(Wee) 클래스'라는 시스템이 마련되어 있으나 부족한 면이 많다.

학생의 문제는 주로 두 가지의 형태로 나타나는데, 하나는 먼저 학교 적응이나 심리적 어려움 때문에 학생 스스로 문제가 되는 것과, 그 학생과 타 학생들 간에 생기는 부정적인 관세에 대한 관리이다.

예를 들면, 주의력결핍과잉행동장애(ADHD)의 문제를 가진 학생은 수업 시간에 산만하게 행동하고 친구들에게 충동적인 행동을 하여 피해를 주는 경우가 있다. 이러한 학생은 때로 주위 친구들에게 불필요한 신체 접촉과 거친 행동을 하기도 한다. 이런 행동이 심하면 조용히 있던 친구들과 갈등이 심해지기도 하고 왕따 등의 문제가 나타나기도 한다. 문제가 겉으로 드러나고 학부모들이 알게 되면 이를 감독해야 하는 선생님은 학부모들로부터 여러 가지 암묵적 평가를 받고, 중재를 위한 노력을 해야 한다.

이러한 노력은 성공적일 때도 있지만 그렇지 않은 경우도 많다. 선생님의 훈육 방침에 협조적이지 않은 부모의 경우, 학생이 피해를 입었을 때 교장과 해당 교육청에 민원을 제기하는 방식으로 직접적인 문제를 제기한다. 이러한 부모가 3-4명이 되고 집단적으로 문제 제기를 하는 경우 선생님은 이를 견디지 못한다.

또한 반항성 장애, 품행장애라는 문제를 가진 학생들은 조직적으로 더 큰 행동 문제를 일으킨다. 이러한 친구들은 교실 내의 선생님의 수업을 방해하기도 하고, 자신의 행동을 통제하는 선생님의 권위에 도전하기도 한다. 청소년기에는 왕따나 괴롭힘, 비행 등의 행동이 동반되어 학교생활에 대한 지도에 어려움을 겪을 수 있다.

수년 전부터 선생님들로부터 학생의 행동 문제에 대한 지적과 충고도 하기 힘들다는 이야기를 들었다. 가벼운 행동 교정의 방법인 타임아웃(time out)이나 수업 제외 같은 것도 할 수 없다는 이야기를 들었다. 타임아웃은 학생의 행동을 교정하기 위해 벽을 10분 동안 보게 하는 식의 행동 강화적 방법의 훈련 수단이다.

여러 선생님을 만나게 되고 자세히 이야기를 들어 보니 선생님이 학생에 할 수 있는 훈육 수단이 거의 없다는 것을 알게 되었다. 학생 행동 문제에 대한 직접적 충고는 아이의 기분을 상하게 하는 정서적 학대가 되고, 타임아웃은 신체적 학대, 수업 제외는 학생의 학습권 침해가 된다. 물론 현재 학부모가 법적으로 제기할 수 있고, 제기하고 있는 극단적인 예이긴 하다. 그래서 평소에 나는 이렇게 선생님의 권위가 누너신 상태에서 한 번 큰 사건이 일어나지 않을까 하는 염려가 있었다.

그 와중에 2023년 7월 서이초등학교 20대 여성 교사 한 분이 학교 안에서 극단적인 선택을 한 것이 뉴스에 나왔다. 전대미문의 사건이라 전 사회가 충격을 받았고 이에 대한 자세한 수사와 더불어 쌓여 있던 문제에 대한 대책 수립에 관해 관심이 모였다. 학교 선생님은 죽음으로서 무엇인가 이야기를 하고 싶었던 것이다. 첫 뉴스 보도 이후 며칠 간은 뉴스에 등장하더니 이후에는 보도가 거의 없어졌다. 신문이나 방송에서 보도를 자제하거나, 규제당하는 것이 아닌가 할 정도로 뉴스 보도가 없어졌다.

그러나 대충 짐작은 할 수 있었다. 어떤 원인인지, 왜 이러한 사건이 일어났는지, 결론이 어떻게 될 것인지 알 수 있었다. 이 사건에서 학부모가 문제라고 생각하는 것은 아니다. 2023년 8월 14일 경찰은 서이초등학교 교사 사망과 관련하여 학부모 4명에 대해 '혐의점을 찾을 수 없었다'고 밝혔다.

여기서는 사건의 전모를 알기 힘들기 때문에 일반적인 원인에 대해서만 한 번 추측해 보고 사건의 진행과 결과에 대해서는 언급을 하지 않겠다. 위에서 가볍게 하나의 예를 들어 설명하였는데, 소아청소년 때 나타나는 환자의 문제는 성인보다 어려운 경우가 많다. 성인과는 또 다른 전문적인 지식과 경험이 필요하다. 그리고 소아청소년기에 나타나는 정신건강의학과 질환의 양상이나 호전 및 치료 가능성, 이에 필요한 자원들은 쉽게 가늠하기 힘들다. 치료가 가능하며 학교에서 관리만 잘하면 정상적인 교육이 가능한 사례도 있지만, 불가능한 경우도 많다.

원인은 교육 현장에서 하는 훈육과 정신건강의학과 치료라는 면이 잘 구분되지 않는 것에 있다. 이러한 상황에서 학교 현장에서 생기는 문제는 전적으로 교사가 책임을 져야 한다. 아이를 키우는 데에 전문가가 아닌 젊은 학부모도 자녀의 문제 행동이 있을 경우, 학교에서 뭔가 호전이 있기를 바란다. 그런데 학교는 일종의 사회와 같아서 학교에서 어떤 심리적 문제에 대한 치료나 돌봄을 기대하는 것에는 한계가 있다. 이러한 치료는 따로 받아야 한다. 학교에서의 생활과 적응의 문제는 선생님과 학부모 사이에 현실적인 목표를 정하고 적당한 수준에서 서로 협력해야 한다.

과거에 "아이를 키우기 위해서는 한 마을이 필요하다"는 말이 있듯이 아이의 훈육은 그 자체로 쉬운 일이 아니다. 혹시라도 문제 행동이 심한 학생이 있는 경우 학부모와 교사, 사회적 자원이 있어 충분한 사랑을 주고 키워도 해결이 안 될 수 있다. 위 사건은 최근 들어서 사회적으로 일어난 사건 중나의 마음을 가장 안타깝게 한 사건이다.

어쨌든 서이초등학교 선생님 사건 이후, 교사들은 전례 없는 몇 번의 집회를 통하여 자신의 의견을 주장하였다. 교권 4법을 제안하고 법이 통과되었다고 한다.

두 가지 법 정도만 핵심을 소개하면 초·중등교육법 개정안은 교원의 정당한 생활지도는 아동학대로 보지 않는다는 게 주요 내용이다. 교원지위법에서는 무분별한 아동학대 신고와 악성 민원에 대한 대책으로 교사가 아동학대로 신고를 당했다고 하더라도 정당한 사유 없이 직위해제를 할 수 없다는 내용이다. 자세한 내용을 여기서 다 소개할 수는 없으나 일단 학교 현장에서 교사의 권한과 교권 침해를 막을 수 있는 장치가 조금은 마련된 것 같아 다행이다.

(4) 한국 사회와 조직

이제 한국 언론 매체와 권력 집단이 우리의 조직과 사회 분위기에 어떤 영향을 주고 있었는지에 대해 알아보자. 여기서는 히스테리적 양식을 보여 사회적 사건이 되었던 것을 몇 가지 간추려 보고자 한다. 긍정적인 형태의 히스테리적 양태가 있기는 하고, 감정이 개입되지 않는 것처럼 보이는 히스테리 양상의 사건들도 있다. 후자에는 근거가 없음에도 불구하고 끊임없이 의혹을 제기하는 것을 이야기한다.

여기서는 사회에 부정적인 영향을 미치면서 그 양상 자체가 극장적인 측면을 가지고 있는 것을 예를 들어 보고자 한다.

가장 먼저 예를 들고 싶은 것은 법무부 장관을 하다가 2024년 4월 10일 총선에서 당을 만들어 국회의원이 된 조국 대표이다. 2019년의 소위 '조국 사건'이다. 길게 이야기하고 싶지는 않고 이 사건의 본질과 성격에 대해서만 말하고 싶다.

사건의 본질은 검찰 개혁을 추진하려던 현직 법무부 장관이 정치 검사들에 의해 집단 린치(lynch, 폭력)를 당한 사건이다. 린치라는 말은 폭력과 죽임의 중간쯤 되는 단어로 이 사건에 더 적당한 표현이라 생각한다. 그리고 진행 과정을 사회적 시선으로 보면 그 성격은 조국 대표뿐 아니라 가족까지 수난을 겪은 '잔혹극장'이라고 볼 수 있다.

많은 사람이 이 사건에 의해 검찰 권력의 힘과 영향력을 느낌과 동시에 두려움을 가지게 되었다. 이 사건에 의해 국민의 여론이 극단적으로 양분되었다. 이후 국민은 자신이 공직자가 아니면서도 의식적, 무의식적인 자기 검열을 하게 되었고, 검찰에 대해 두려움을 가지기 시작하였다. 사회는 경직되었고 정치 진영 간의 갈등도 깊어졌다.

2024년 4월 총선에서 조국 대표가 국회의원이 되면서 향후 있을 대법원의 최종 판단이 주목받고 있다. 바라건대 현재 진행되고 있는 잔혹극장의 중단이라는 결말을 기대한다.

두 번째는 2020년경부터 한국 사회에 불기 시작한 반중 정서이다. 1992년 중국과의 수교 이후 오래 동안 중국과는 서로에 대한 경제적인 교류를 중심으로 친밀한 관계가 이루어져 왔다. 중국과 정치적 이념과 체제가 다르지만, 한국의 보수나 진보 정부 상관없이 30년 이상 친밀한 관계를 유지할 수 있었던 것은 여러 이유가 있다. 국경이 직접 맞닿아 있지 않아 국경 분쟁의 위험이 없으며, 북한의 핵 개발에 중국이 반대하는 것이 기본적인 조건일 것이다. 그리고 무엇보다 경제 개발을 최우선으로 하는 중국의 정책은 한국과 서로 적대적으로 지낼 이유가 없다. 중국과 한국은 경제를 중심으로 한 전략적 동반자 관계를 이루면서 서로의 복잡미묘한 관계를 잘 조절해 온 것이다. 이러한 관계의 최고 정점은 박근혜 전 대통령이 2015년 9월 3일 천안문의 망루에 서서 중국 전승절 기념 행사에 참석한 것이다.

그런데 이후 한국에 미군이 운용하고 있는 사드(THAAD, 고고도 미사일 방어 체계)가 배치가 이루어지면서 상황은 변하기 시작하였다. 중국은 곧 한한령이라고 하여 중국인의 한국 단체 여행에 대한 제재가 내려졌다. 중국인으로 넘쳐나던 한국의 명동 거리와 호텔은 텅텅 비어갔으며 이러한 중국의 태도 변화에 반중 정서가 조금씩 생기기 시작하였다.

이러한 정서에 기름에 부은 것 바로 중국 우한에서 시작된 Covid-19 시대의 시작이다. 세계적 팬데믹 시기가 시작되면서 그 발원지, 중국에 대한 그동안 조금씩 쌓여 있던 부정적 감정이 나오기 시작하였다.

이러한 분위기는 곧장 인기 영합적인 정치 세력에 의해 이용되기 마련이다. 한국의 보수 정치인들이 먼저 이를 시작하였다. 2021년 이준석 전 국민의힘 대표는 외신과의 인터뷰에서 2019년 홍콩 민주화운동에 대해서 아주 일반적인 원칙을 이야기하였다. 실수였는지 모르지만, 외신은 중국 정부에 대한 비판으로 이를 받아 들여 크게 보도하였다. 국내 반응도 나쁘지 않았다. 이후부터는 그는 더 깊이 뛰어들어 이러한 정서를 이용하기 시작하였다.

윤석열 대통령은 2021년 대통령 후보가 되면서 죽어 있던 이념적인 대결을 부활시키면서 강력한 반중국 정서 몰이가 강화되었다. 대통령 후보 시절이었던 11월 12일 외신기자 간담회에서 이미 문재인 정부의 3불 정책의 폐기를 시사하면서 중국과의 기존 관계에 변화가 있을 것임을 표방하였다. 문재인 정부의 3불 정책은 사드 추가 배치, 미국 MD 체계 편입, 한미일 군사동맹 반대 정책이다. 그는 이를 비판하면서 반중국 정책을 추진할 것을 표명하였다.

윤석열 후보가 대통령에 당선되면서 이러한 반중 정서는 더욱 노골화되었고 곧장 그 실체를 드러냈다. 2022년 11월 11일부터 15일까지 있었던 아세안과 G20 회담에서 한국, 미국, 일본은 연달아 회담하면서 중국 봉쇄를 의미하는 인도-태평양 전략과 북한의 핵도발에 반대하는 발표를 하였다. 중국과의 관계에서는 불법적인 해양 권익 주장과 매립 지역의 군사화, 인도-태평양 수역에서의 그 어떤 일방적 현상 변경 시도에 강력히 반대한다는 공동 성명을 발표하였다. 이것은 미일의 명백한 대중국 포위 전략이며, 한국이 이에 적극적으로 동의하며 참가를 한 것이다.

이후 대통령은 중국과 대만 사이의 양안 문제를 거론하기도 하는 등 쓸데없는 오지랖의 모습을 보이기도 하였다. 이후에는 '공산전체주의'라는 신조어를 만들어서 반중 정서에 이론적 토대를 강화 유지하고 있다. 공산주의 안에는 이미 전체주의와 프롤레타리아에 의한 독재라는 개념이 들어가 있는 것인데, 공산전체주의는 이와는 다른 어떤 것을 의미하는지는 모르겠다.

문화적으로는 한국 영화에 중국인 거주 지역의 조폭 집단의 잔인성이 자주 보이기 시작하였다. 영화 〈장진호 전투〉는 개봉이 되기도 전에 한국 사람들에게 수준이 떨어지는 중국 국뽕 영화로 평가되었다. 영화는 실제로 재미가 없다.

2021년을 기점으로 나의 주변에서 특별한 이유도 없이 중국을 비난하지 않는 사람을 보기 힘들었다. 이러한 정치적 선동에는 약간의 거짓말도 포함되기 마련이다. 우리 대통령은 한국에 거주하는 중국인들이 한국 건강보험재정을 축낸다는 말을 하기도 하였다. 실제로는 젊은 중국 학생이 많이 들어와 있고, 돈을 벌기 위해 거주하고 있는 중국인들은 비교적 건강하기 때문에, 한국의 건강보험재정은 이들을 통해 이득을 보고 있다.

나는 우리의 국익에 기반하지 않고, 현실적인 토대도 부족한 반중 정서는 오래가지 않을 것으로 생각한다. 근거가 부족하고 단순한 히스테리적 선동은 길게 가지 못한다. 현실적인 토대가 부족하다는 것은 중국과 현존하는 직접적인 갈등 관계가 없다는 것이다.

중국과 대만 양안의 문제를 이야기하는데, 실제로 전쟁이 났을 때 우리가 직접 참전할 것인가? 그런 바보 같은 판단을 할 사람은 없을 것이다. 그리고 이런 선전포고는 국회의 동의가 필요한 일이다. 대통령이나 주위 몇 사람의 생각으로 결정되는 것도 아니다.

러시아, 우크라이나 전쟁에 대해 이야기하나, 우리와 별 상관없는 나토(NATO)와 미국, 러시아 간에 해결할 문제이다. 종전이 임박했다는 이야기도 들린다. 대통령이 이야기하는 한미일 군사 동맹이나 신냉전적 대결은 가상현실에나 존재한다. 한반도 주변 강국의 지도자들은 이러한 대결 구도를 수사학적인(rhetoric) 의미로 이야기를 하는 것 같은데, 우리 대통령은 이것을 실제 현실로 받아들이는 것 같아 안타깝다. 그렇다고 반중이 아니라 친중을 하자는 뜻은 아니다. 국익을 좀 생각하자는 것이다.

이러한 반중 정서는 한국의 경제 문제이며 민생의 문제이다. 쓸데없는 반중 정서 몰이로 죽어나는 것은 한국 경제의 대중 무역 적자이다. 잘 알려진 한국 반도체의 생산과 유통뿐만 아니라 지난 30년 동안 중국과의 경제 협력은 광범위하게 이루어져 왔다. 현재 중국과의 무역에서 이러한 정서로 인하여 경제적 손해는 매우 심한 상태이다. 결국 이러한 반중 히스테리는 한국과 중국 사이의 경제적 공생 관계가 주는 기업의 이익과 경제적 문제로 인한 압력으로부터 오래 견디지 못할 것이다.

우리가 어떤 적대적인 감정을 보인다면 상대방 국가도 우리에게 똑같이 보복한다. 최근 중국에서 벌어지는 학회에 처음 참석하고자 하는 학생을 만난 적이 있다. 중국대사관에서 입국 비자를 받으려고 인터뷰를 하는데 너무 길게 해서 힘들었다고 하였다. 가장 당황했던 것은, 군대에서 복무할 때 학생의 보직이 무엇이었는지까지 물어보았다고 한다. 잠재적인 적국의 시민으로 학생을 대한 것이다.

세 번째는 MZ세대론이다. MZ세대는 1980년부터 1990년대 초반을 일컫는 밀레니얼(M) 세대와 1990년대 중반부터 2000년대 초반 출생자를 뜻하는 Z세대를 통칭하여 일컫는 말이다. MZ세대는 생각이 자유롭고 개인주의적이며 현재를 즐기는 스타일의 삶을 추구하는 특징이 있다. 이들은 디지털 환경에 익숙하고, 트렌드에 민감하며, 특히 SNS 활용에 능숙하여 유통시장에서 주요한 소비층이 된다고 한다. 처음에는 기업들이 상품 소비자로서 새로운 트렌드에 맞게 적용하고자 만들어 낸 말이 사회적인, 정치적인 의미가 부여되면서 모두에게 익숙한 언어가 되었다.

과거에도 86세대, X세대, 88만원 세대론 등 젊은 세대에 대한 사회학적 분석은 항상 있어서 특별한 것은 아니다. 그런데 MZ세대론을 한 번 여기서 논해보고자 하는 것은, 이 세대에 대해 어떤 감정적인 요소들을 많이 덧붙여 놓았기 때문이다. 특히 언론과 정치권에서 지난 5년 동안 이 세대에 대한 조작적인 성격 규정을 집요하게 진행하였다. 당연하게도 정치권에서는 이를 대변 또는 이용하려는 시도가 많았다.

그 내용은 '개인주의자가 되라.', '근로시간 이외에는 일을 하는 것은 바보다.', '자신의 감정과 욕구에 솔직하라.', '윗세대의 꼰대 같은 이야기는 무시하라. 도움이 안 된다.', '돈 버는 것이 가장 중요하다. 어떤 방법으로든 돈을 벌어 투자하라.'는 등으로 표현할 수 있지 않을까 생각한다. 모두 세대 갈등을 유발하고 집단 내 구성원의 화합과 생산적인 활동을 방해하는 일이다. 긍정적인 측면이 아주 없지는 않다.

현재 가장 기억에 남는 뉴스 중의 하나는 "MZ세대 코로나 종식 이후에 회식 자리가 늘어날까봐 벌써 걱정…"이라는 제목의 기사이었다. 개인적으로도 이러한 MZ세대의 특성을 가지고 감정 표출을 하는 젊은 친구들을 경험한 적도 있는데, 그들의 말과 행동은 자연스러워 보이지 않았다. 언론과 사회적인 압박으로 'MZ세대처럼 행동하라'는 암묵적 지시를 따라하는 것 같았다. 물론 더 많은 청년은 조직에서 일을 하고, 윗세대와 상호 작업을 하기 때문에 이러한 사회적 압박에 크게 신경을 쓰지 않는 것으로 보인다.

그래도 외래에서 취업한 지 3개월쯤 된 젊은 여성이 한 이야기는 인상에 남아서 여기서 옮겨 본다.

"같이 들어 온 동기는 저를 포함해서 5명인데 한 명은 그냥 개인적인 삶을 사는 것 같고, 나머지 한 명이 문제 같아요. 너무 MZ세대처럼 행동하려고 해서 불편해요. 같이 어울려서 이야기하는 데 말이 잘 통하지 않아요."

정신건강의학과 의사로서 이러한 MZ세대의 담론이 문제라고 느끼는 것은 개인적인 삶, 감정과 욕망에만 충실한 태도, 사회관계에서 경험이 부족하게 되면 개인의 인격적 성장에 방해가 될 수 있다는 점 때문이다. 이 시기에 갖추어야 할 2차적 사회화 과정이 잘 이루어지지 않을 수 있다. 보통 20대 초중반 시기를 초기 성인기라고 하는데, 청소년기의 연장선으로 광범위한 직접적인 사회적 경험의 축적, 인간관계의 복잡성과 다면성에 대한 이해, 지식의 습득 등이 주요한 과제로 여겨진다. 물론 이성 간의 관계에서 심리성적인 발달도 포함된다.

우리가 책을 읽을 때 '행간을 읽어라'라고 이야기하는 것처럼 20대, 30대 청년기에는 인간관계에서의 기본 전제와 공감 능력, 여백을 파악하는 것이 중요하다. 많은 청년 세대가 이를 위해서 노력을 하고 있다.

이것은 이전 세대와 다르지 않다. 동호회 같은 곳에 참여하기도 하고, 대인 관계나 심리학 이론서를 읽어 보는 사람도 많다. 최근 대학생과 젊은 직장인들 사이에 MBTI 성격 유형 검사와 이야기가 크게 유행하고 있는데, 이것도 젊은 세대가 인간관계와 조직 내 생활을 잘해 나가기 위한 긍정적인 노력으로 생각한다.

세대와 상관없이 우리는 어쩔 수 없이 고도로 발전한 자본주의 사회를 살아나가야 한다. MZ세대는 자신이 사무직이든, 생산직이든, 자영업자이든, 전문직이든, 고도로 발달한 자본주의 사회의 최말단 노동자이다. 이러한 자본주의 사회에서 때로는 불합리, 불평등, 불편한 경쟁을 겪는 것은 어쩔 수 없는 삶의 일부이다. 시대와 상관없이 청년 세대에 대한 어떤 담론이 나오더라도 초기 성인기에서부터 30대까지 이러한 '처음'을 경험해야 한다.

2024년을 살아가는 MZ세대라고 이전 세대와 뭐 다를 것이 있겠는가? 이러한 처음을 피해 가는 것은 불가능하다. 문제가 있으며 연대해서 이를 해결해야 한다. 이러한 MZ세대의 문제는 고도로 발달한 자본주의 체계와 많이 연관되어 있다. 여기서 고도로 발달한 자본주의란 신자유주의적 자본주의를 이야기한다.

이러한 MZ세대의 문제와 연관되어 미국에서 연구된 사회학 책이 있어 소개한다, 제니퍼 M. 실바가 2013년에 펴낸『커밍업 쇼트(Coming up Short)』라는 책이 번역되어 나와 있다. 미국에서 나온 책이기 때문에 문화적인 차이를 고려해야 한다.

이 책의 저자는 20대 중반에서 30대 초반 사이의 노동 계급 청년 100명을 인터뷰하였다. 그들이 성인으로 성장하는 과정에서 어떤 어려움을 겪고 있는지 보여 준다. 이를 통하여 전통적인 가족 사회를 구성하였던 이전 세대와 신자유주의 자본주의 사회의 최말단 노동자의 성인 되기가 얼마나 다른지를 보여 준다.

전통적인 세대는 노동의 가치에 대한 존중, 성실성, 가족에 대한 봉사, 공동체에 대한 연대와 헌신, 사회와 국가에 대한 책임으로 존엄을 유지한 가치 체계로 이루어져 있었다. 그러나 새롭게 형성되는 신자유주의 자본주의 내의 노동 계급 성인 자아의 핵심에는 노동에 대한 낮은 기대치, 헌신하는 연애 관계에 대한 불안, 사회 제도에 대한 불신, 타인과의 단절, 감정과 정신건강에 집중하는 태도 등을 언급하고 있다. 이러한 변화에 놓여 있는 신자유주의적인 개인주의와 자유, 불안정한 사회 안전망 등에 대해서도 언급하고 있다.

이러한 안정되지 못한 경제, 사회적 조건을 '커밍업 쇼트'라고 이야기하면서 이에 대해 이들 계급이 자아의 변형, 극단적 개인주의, 가족 내로의 불안정한 도피 등으로 이를 해결하려 하고 있다는 것이다.

그리고 정치와 같은 다른 해결책이 없는 것은 아니지만 이를 현실화하지는 못한 점을 대해서도 이야기하고 있다. '자아의 변형'이라는 말이 머릿속에서 섬광처럼 하나의 깨달음을 주었다.

이 정도는 되어야 MZ세대 이야기의 올바른 출발점이 될 수 있을 것 같아 추천 도서로 권유한다. .

한국에서는 MZ세대의 담론이 세대 갈등으로 표현되고 있다. 본질적으로 그것은 고도로 발달한 자본주의 내에서의 갈등이다. 양극화의 문제가 떠오르기는 하는데 여기서는 가볍게 언급만 하고 다루지는 않을 것이다.

중산층이나 상류층의 성인도 스스로 자신에 대한 성찰이 있지 않으면 항상 행복한 것은 아니다. 이들의 삶을 가볍게 직관하여 보는 방법이 있다. 비교적 성공하고 안락한 삶을 사는 사람들의 모습은 우리가 영화나 유명인, 연예인들의 토크쇼 등으로부터 유추해서 판단해 볼 수 있다. 높은 빌딩 속의 집과 넓은 공간, 화려한 인테리어에서 안락하게 사는 그들의 모습을 볼 수 있다. 그러나 그들이 성공을 위해 노력했던 자부심보다 더 높은 나르시시즘, 시기와 질투, 끝없는 성취욕, 통제되지 않는 욕망과 쾌락, 삶의 가치 상실, 약물 남용 등의 문제로 고통받을 수 있다. 아 여기에 히스테리적인 모습도 보일 수 있다.

여기서 논할 것은 아니지만 페미니즘 논란에서 출발한 남녀 갈등의 문제도 이제 우리 사회의 하나의 디폴트값이 되었다.

한국 사회에서 페미니즘의 역사는 생각보다 길다. 자유주의적 페미니즘부터 시작하여 교차성 페미니즘, 그리고 현재 급진적(Radical) 페미니즘까지 그 사상적 내용이나 실천도 다양한 양태로 나타났다. 과거부터 꾸준히 여성 인권을 신장시키는 운동이 있었으며 이를 법적인 방식으로 제도화하는 노력이 많은 성과를 거두어 왔다.

약 2016년 강남역 화장실 여성 살인 사건을 기점으로 페미니즘 운동이 우리 사회에 급진적인 모습으로 나타났으며, 2018년 미국 미투 운동의 영향으로 우리 사회 조직과 분위기, 정치권에 급격한 영향을 미쳤다.

2004년 출간되어 베스트셀러였던 『화성에서 온 남자, 금성에서 온 여자』라는 책은 이제 연애지침서 정도로 취급되고 있다. 또한 해리포터 시리즈의 여주인공 엠마 왓슨이 2014년 UN에서 연설을 해 화제가 된 'HeForShe' 운동은 고급스러운 낭만주의로 비판을 받으며 현실의 갈등에서 길을 헤매고 있다.

이렇게 짧은 기간 동안 몰아친 한국의 급진적 페미니즘은 다분히 히스테리적인 양상을 띄었고 심하게 공격적이었다. 곧장 젊은 남성을 중심으로 한 반페미니즘의 분위기가 생겼으며, 남녀 간의 전례 없던 갈등이 만들어졌다.

한국 사회에서 이와 같이 세대와 성별을 포함한 일상에서 갈등 수준이 너무 높아져 있으며 그 근저에는 어떤 불안과 공격성과 같은 집단 무의식의 심리가 퍼져 있지 않은가 하는 생각이 든다. 이러한 분위기에서 권력을 가진 집단과 언론은 자신들이 유리한 방향으로 어떤 이야기와 분위기를 만들어 내는 것에 매우 용이하다.

(5) 극장사회

극장사회는 어떠한 사회 집단이나 권력을 가진 조직이 매체를 통하여 부분적인 사실이나 거짓, 또는 감정적 추동을 통하여 자신들이 원하는 대중 심리와 인간관계, 사회적 분위기를 만들어가는 사회이다. 이를 추구하는 사회 집단이나 권력 조직은 자신이 이상적으로 바라고 추구하는, 또는 유지하고자 하는 사회의 모습, 즉 롤 모델이 되는 상이 있다. 긍정적인 의미는 물론 아니다.

이를 위해 지속적으로 전체적 진실을 부정하거나 왜곡시킨다. 이러한 극장사회를 만들어 내는 데에는 언론 매체가 핵심적인 역할을 한다. 이들은 언론 보도에 의한 조종과 조작, 권력과 결탁한 법적 통제를 통하여 여론을 형성한다. 이러한 사회에서 언론이나 권력 집단은 부분적 사실이나 거짓, 감정적 추동에 의한 목표 달성이 중요하며, 전체적 진실과 현실적이고 객관적인 시각의 판단은 의도적으로 무시된다.

이러한 측면에서 극장사회는 매우 불안정하고 불안한 사회이다. 다른 측면에서는 무기력한 사회가 될 수 있다. 그 사회를 살고 있는 사람들의 생생한 진실의 땅에 닿아 있지 않기 때문이다. 그리고 이러한 진실을 알리려고 하는 반대 집단에 대해서는 히스테리적 방식의 공격이나 법적인 방식 등과 같은 간접적인 폭력이 이루어지며, 때로는 부분적인 직접 폭력이 가해진다.

언론이 이렇게 히스테리성 보도를 할 때 보통의 민주 시민으로서 교육받고 합리적인 생각을 가진 대중은 다양하게 반응한다.

처음에는 이러한 보도에 대해서 혼란과 불편함을 느낀다. 왜냐하면 언론의 히스테리성 보도가 가지는 과도한 감정적 보도에 공감하기 어렵고, 구체성이 떨어지고 추측에 기반한 뉴스에 선뜻 동의하기 어렵기 때문이다. 인지적으로 이를 받아들이는 데에 어떤 불편한 감정을 생기는 것이다. 다음 단계에서 이러한 보도 양태가 지속되면 상식적인 일반 대중은 불안과 불합리를 느끼면서 그 정보를 소화해 내는 데 심리적 에너지가 소모되는 것을 느낀다. 자연스럽게 언론에 대한 회피나 무관심으로 빠져들게 된다.

또한 히스테리성 뉴스는 반론을 펼치기 힘든 특징이 있다. 기자 자신의 삼정이 그렇게 느끼다고 하는데 어떻게 그 감정에 대해 어떻게 반론을 펼칠 것인가. 또 자신들의 추측에는 그렇다고 한다는데 누가 그 추측은 틀린 것이라고 하나하나 일일이 답을 줄 것인가?

무서운 것은 초기의 불편한 감정이 점점 익숙해지면서 대다수 사람의 감정과 생각이 바뀌어서 그것에 동화되는 것이다. 어떤 틀린 이야기도 반복적이고 집요하게 하면 그 사람을 생각을 바꿀 수 있으며, 최소한 무기력하게 만들 수 있다. 시민들을 위한 정직한 언론이나 사회 조직에 의해 반대의 의견이나 논리 제시, 적절한 감정적인 대처가 실패하게 되면, 전 사회적으로 대중의 심리적 상태가 동일화된다.

우리는 전체주의와 같이 어떤 현상에 똑같은 심리적 반응을 보이고 행동하며, 그들이 제시하는 이야기 세상, 연극적인 세상을 보게 된다. 결국 언론은 이러한 일반 대중들의 심리를 조작하고, 자신의 의도한 대로 조종할 수 있게 되는 것이다.

이러한 현상이 전 사회에서 획일적이며 지속적으로 일어나게 되면, 우리는 극장사회에서 극장국가로 이행하게 된다. 극장국가는 곧 독재를 의미한다.

지난 5년 동안 우리는 포털 사이트를 통한 언론 소비의 영향으로 인한 과도한 감정을 가지고 편향적이고 획일적인 생각을 가지도록 유도되었다. 과잉 감정은 아주 일반적인 뉴스 사안들에 대해서도 감정적인 방식의 논평을 다는 것으로 흔히 볼 수 있다.

또한 사실에 대한 보도에서도 '작심 발언', '부글부글', '경악' 등과 같은 감정적인 어휘를 쓰는 일이 많아졌다. '저격', '맹폭'이라는 표현도 많이 등장하는데 그냥 '비판'이라고 쓰면 될 것을 왜 전쟁 용어까지 써 가면서 독자를 자극하는지 모르겠다. 모두 우리 사회의 갈등을 높이는 방향의 보도들이다. 이제 한국의 민주적이고 상식적인 시민은 전통적인 언론과 이를 독과점으로 제공하는 포털 사이트에서 제시하는 극장에 질리고 역겨움을 느끼는 듯하다. 요즈음은 기존 언론 매체에 대한 회피, 유튜브 등 뉴미디어를 통한 뉴스 소비가 증가하고 있다고 한다.

우연히 2012년 영국 타냐 웩슬러 감독의 〈히스테리아〉라는 영화를 보게 되었다. 배경이 19세기 영국 빅토리아 시대의 여성에 대한 이야기인데, 영화에서는 한 법정 장면이 나온다. 여성의 죄목은 '히스테리아'이고, 검사의 기소로 재판관이 유죄 여부로 판단하는 것이었다. 주인공 여성은 자신의 생각에 대해 심한 억압을 하는 아버지에게 과도한 감정 표출을 하는 것으로 기소되었다. 법정 장면이 내가 가지고 있던 문제의식과 비슷한 점이 있어 재미있게 보았다.

내가 여기서 이야기하는 소재는 비슷한 점이 있으나 주제는 전혀 다르다. 주인공 여성은 판사로부터 히스테리아에 대해 무죄로 선고받고 해피 엔딩으로 끝난다.

물론 히스테리적 행동에 대한 처벌을 현재 사법 체계에 다시 부활시키는 것에는 문제가 있을 것이다. 그러나 반사회적 행동이나 몇몇 성선호 장애는 그 사람의 선천적인 성향과 상관없이 법적으로 문제가 된다. 과도한 히스테리적 감정 표현과 행동도 문제가 되면 법적인 절차를 거쳐 소송을 제기하면 되지 않을까 하는 상상을 하면서 이 영화를 소개해 본다.

제6장
극장사회를 만드는 주인공들

"그는 대통령직을 수행하는 데에 거의 관심이 없었고,
그가 갈망하는 관심을 끌기 위한
하나의 리얼리티쇼로 이를 이용하였다."

- 버락 오바마 전 미국 대통령 -

극장사회를 만드는 주인공들

(1) 트럼프 45대 미국 대통령

도널드 트럼프는 2016년에 미국 45대 대통령으로 당선되어 4년간 미국 대통령으로 재임하였다. 연기성 성격 성향이 있는 사람이 모두 문제가 있고 사회 적응에 실패하는 것은 아니다. 반대로 그 능력으로 엄청난 성공을 하는 사람도 있다. 트럼프 전 미국 대통령이 그 좋은 예이지만, 대통령 재직 시기에는 그 성향으로 인해 미국 사회와 주변 국가에 많은 트러블을 일으키기도 하였다.

그중 가장 알려진 것은 미국이 2019년 11월 4일 파리 기후협약에서 탈퇴한 것이었다. 파리기후협약은 2015년 12월 12일 유엔 산하 기후변화협약 당사국 총회에서 채택된 국제적 선언이자 약속이었다. 산업화 이전 수준 대비 지구 평균 온도가 2도 이상 상승하지 않도록 온실가스 배출량을 단계적으로 감축하는 것이 중심 내용이다.

그는 이 협약이 미국 내의 에너지 기업들의 활동을 제한한다는 이유로 2017년 탈퇴를 선언하였고 2년 뒤 이를 실행을 하였다. 그의 생각 속에 소수의 미국 대기업들은 중요하지만, 점차적인 진행되고 있는 기후 재난은 별로 중요하지 않은 것이다. 유럽의 여러 국가 정상들로부터 엄청난 비난을 받았다.

트럼프는 1946년 6월 14일 뉴욕에서 태어났다. 뉴욕육군사관학교를 거쳐 나중에 펜실베니아대학교 와튼스쿨에서 경제학 학사로 졸업을 하였다. 이후 아버지 회사에서 부동산 사업을 시작하였는데, 카지노와 골프장, 호텔 등을 건설하여 부동산 재벌로 이름을 알리게 되었다. 이 과정에 여러 가지 부침과 파산을 경험하였다. 트럼프는 방송과 엔터테인먼트 분야에도 등장하여 서서히 이름을 알리기 시작하였는데, 이와 동시에 특이한 성격의 소유자로도 알려졌다.

그를 대중적인 인물로 만든 것은 2004년 미국 NBC 방송의 한 리얼리티쇼를 진행하면서부터이다. 〈어프렌티스(The Apprentice)〉라는 이름의 이 방송은 16명 정도의 참가자들이 트럼프의 여러 회사 중 하나의 경영권을 놓고 경쟁하는 리얼리티쇼 프로그램이었다. 최종적으로 뽑힌 사람은 그의 회사에서 1년 동안 사장이라는 직책을 경험하게 된다.

그가 이러한 리얼리티쇼를 잘 진행했다는 것은, 그를 이해하는 데에 중요한 의미가 있다. 리얼리티쇼야 말로 현실과 가상 세계를 이어 주는 환상적인 가능성을 보여 주는데, 이런 것을 원하는 지원자를 다루는 데에 있어 그는 가장 적절한 진행자이었다.

그의 이전 삶과 경력을 잘 모르던 내가 그가 연기성 성격 성향의 사람으로 판단을 내리는 이유는 두 번의 북한의 김정은 위원장과의 회담 때문이었다. 2018년 6월 12일 싱가포르 북미 회담과 2019년 2월 북미 하노이 회담은 두 나라의 관계와 우리 한반도 정세에 심대한 영향을 줄 수 있는 역사적인 만남이었다.

그러나 두 번째인 하노이 회담에서 트럼프는 "당신은 협상을 할 준비가 되어 않다."는 말을 하면서 김정은을 돌려세웠다. 2박 3일 동안 열차를 타고 온 김정은에게 아무런 합의 없이 빈손으로 되돌아가게 한 것이다.

이때 처음 나는 트럼프의 목적이 실질적인 한반도의 비핵화와 평화 정착에 있는 것이 아니라, 전 세계 매스컴의 관심과 주목을 받고자 하는 것이었음을 알게 되었다. 이후에도 판문점에서 한 번 더 쇼를 보여 주었다. 수십 년 동안 해결하기 힘들었던 한반도의 평화 문제를 그가 어떻게 단숨에 해결할 수 있었겠는가. 여기에 당시 문제인 정부의 고위 인사들이 이것이 무엇인지도 모르고 그 분위기에 휩싸이기도 했다.

역설적으로 이 특이한 미국 대통령의 성격 성향을 가장 잘 파악한 것은 북한이었다. 상황이 종료하였음에도 불구하고 북한의 김정은은 트럼프에게 친서를 보내어 그의 관심을 유지하고자 하였다. 잠깐 내용이 소개된 적도 있었는데 그 편지는 중세의 봉건 영주에게 보내는 기사의 찬미와 같은 내용으로 가득 차 있었다.

미국 '워터게이트'의 기자 밥 우드워드는 트럼프와의 수 차례 면담을 한 내용을 바탕으로 『분노(rage)』라는 책을 발간하였다. 이 책의 번역본 202페이지의 내용을 보면 "그 편지들은 작품이었다. 분석가들은, 잘난 체하고 역사의 중심에 서기 좋아하는 트럼프에게 먹힐만한 칭송의 혼합물을 정확히 발견해 낸 기술에 놀라워했다."며 북한의 편지에 대해 높이 평가하였다.

트럼프는 이것 또한 기자 앞에서 떠들고 다녔다. 김정은이 '아름다운 편지'를 보냈다면서 자랑하고 다녔다. '아름다운' 편지라는 말은 '의미가 있다는' 편지보다 사람들의 관심을 더 끌게 한다. 역시 트럼프이다.

실제로 『분노』라는 책을 읽어 보면 내가 판단한 트럼프의 성격 성향이 틀리지 않았다는 것을 확인할 수 있다. 연기성 성격 성향이 있는 사람은 복잡하고 어려운 주제를 논하는 것을 싫어한다. 트럼프 정부에서 국방 장관으로 재임한 제임스 메티스는 트럼프와 하는 회의가 어떤지에 대해 다음과 같이 이야기하였다. 이 책 번역본 18장의 첫 번째 내용이다.

"대통령과 토론을 하는 일은 대단히 어려워요. 정보 보고자가 대통령과 토론하려고 하면 몇 마디 못해요. 그런 다음엔 시애틀 고속도로의 갓길이라고 내가 불경스레 부르는 엉뚱한 길로 빠져 버리고 맙니다. 우리를 어디에도 데려다주지 않는 길이죠. 다른 주제로 넘어가기도 하고요. 3만 피트로 데려갈 수는 없어요. 시도는 해 보죠. 뭔가 그에게 더 흥미로운 일이 생겨버리거나 뭔가가 FOX 뉴스에 나옵니다."

2024년 47대 미국 대통령 공화당 대선 후보로 트럼프가 다시 지명되었다. 나는 그가 차기 미국 대통령이 되지 않을 것으로 생각한다. 그러나 혹시 그가 당선되었을 때 전 세계가 다시 4년 동안 그의 히스테리를 받아 주어야 한다는 사실이 끔찍하다. 한반도 남북문제 해결에도 별로 도움이 되지 않을 것이다.

(2) <여배우들>

내가 여기서 국내 어떤 여배우의 특정한 성격장애 성향을 알려주리라고 기대하지는 않았을 것이다. 일반인들에게 여배우라는 말이 주는 이미지나 상징을 빌리고자 영화 하나를 차용한다.

여기서 <여배우들>은 고유명사로 최근 해외 영화제에서 여러 작품에서 수상하면서 유명해진 배우 윤여정씨가 출연한 2004년 흑백 영화이다.

일반인들에게 여자 배우는 연기성 성격 성향이 있고 그런 행동을 할 것이라는 선입견을 준다. 그들이 영화나 연극에서 하는 행동이 그러하며, 주목받기 위해 지속적으로 자신의 외모나 몸매, 옷차림에 신경을 쓸 수밖에 없는 외적인 조건이 그러하다. 여배우들은 그 대중 활동 자체에서 연기성 성격장애의 원형과 같은 이미지가 있는 것이다.

이 영화에서 감독은 그 시기, <겨울연가>로 일본에서 잘 나갔던 최지우 배우와 이를 시기하는 고현정 배우를 중심으로 여배우의 세계를 그려내고자 하였다. 여자 배우의 외모 가꾸기, 가식적이고 과장하는 말투, 화려한 패션 등이 나왔다. 그들 간에 있을 법한 시기와 질투심, 사소한 행동에 대한 험담, 우월하고자 하는 욕망 등을 묘사하는 장면들이 있었다. 윤여정 배우는 이러한 혼란스러운 상황에서 맏언니로 후배 여배우들의 행동의 중재자와 같은 역할을 하고 있었다. 그 시기에 뜨고 있던 아름다운 신예 여배우들도 나왔다.

나는 이 영화를 보면서 좋은 아이디어와 묘사와는 달리, 감독이 영화를 이끌어 나가는 주제나 목표를 틀어쥐고 있지 못하다는 생각이 들었다. 일종의 히스테리적 상황을 연출하고자 하였으나 아쉬움이 남았으며 그 한계가 보였다. 흥행에도 별로 성공하지 못하였다.

남자 배우들도 마찬가지의 역할을 한다. 여자 배우들과 다르지 않다. 시선을 받기 위해 외모를 관리하거나 균형 잡힌 몸매를 유지하는 노력을 한다. 연예인들은 선천적인 외모와 '보여지는' 모습을 통하여 자신들의 직업적 역할을 하는 것이다. 연예인의 이러한 노력과 예술 창작인들의 상상력은 건조한 우리의 일상에 풍부함과 활력을 제공해 준다. 이러한 연예인은 현재 우리 사회의 주요한 주인공의 하나이다.

그러나 대중의 인기와 관심을 받고 사는 연예인은 이를 통해서 쉽게 대중의 생각과 가치관 및 감정에 영향을 줄 수 있다. 극단적으로 말하면 대중에게 자신의 실제 모습을 감추고 다른 식의 가면으로 포장할 수 있는 것이다. 이것은 예술 활동을 통해서든, 실제 생활이든 상관이 없다. 잉꼬 부부로 소문이 났던 두 연예인이 이혼을 한 지 수년째라는 뉴스는 잊을 만 하면 연예지에 나오는 기사이다. "실제로는 쇼윈도우 부부였어요"가 이러한 상황의 정답이다.

연예인은 그들의 상황이 대중을 조종, 조작을 잘 할 수 있는 조건이기도 하다. 평상시에는 이러한 문제는 상관이 없는데 연예인이 특정한 행동을 통하여 개인적 이득을 취하려고 한다면 그것은 문제가 된다. 2024년 3월 가수 임창정씨가 주가 조작 집단에 연루된 것이 하나의 예일 것이다. 그가 그러한 집단에 잘 알면서 연루가 된 것인지 아닌지는 알 수 없다. 여기서 길게 논할 수는 없을 것 같다.

그럼에도 불구하고, 우리는 연예인들이 사회 생활에서 우리의 모범이 되기를 바란다. 청소년의 모범이 되어야 하고, 가족들이 보는 막장 드라마의 주인공이긴 하지만, 실제 생활은 타인의 모범이 되어야 한다. 그러므로 연예인들의 생활 하나하나 감시의 대상이 된다. 나쁜 의도를 가진 사람들에 의해 쉽게 피해자가 되기도 한다.

요즈음 언론이 연예인들을 어떻게 다루고 있는지에 대해서 꽤 잘 나가는 스타 송중기씨의 예를 보면 알 수 있다. 송중기씨는 2019년 9월 이혼을 하고 수개월이 지난 다음 외국인과 교제하고 있다는 것이 소문이 돌기 시작하였다. 송중기는 자신의 사생활을 조심스럽게 다루면서 공식적인 반응을 하지 않고 있었다. 연예지나 소위 찌라시에서 송중기가 사귀고 있다고 하는 여성에 대해 많은 추측 보도를 하였던 모양이다. 송중기씨가 나오는 드라마에서 필요했던 이탈리아어를 가르친 선생님이었다. 여성이 미혼모이며 두 명의 자녀가 있다. 두 명의 자녀는 아버지가 다르며 다른 사람이 양육하고 있다는 소문이었다.

송중기는 자신의 여자 친구에 대해서 이름과 출신 학력 말고는 모든 것이 다 틀린 이야기라고 밝혔다. 여자 친구에 대해서 기자들이 소설을 쓰고 있다고 비판하였다. 그는 영국인 연예인 케이티 루이스 사운더스와 교제 중에 있다고 밝혔고, 2023년 1월 결혼을 하고 잘 살고 있다.

연예지와 관련 유튜버가 연예인을 다루는 수준이 이 정도이다. 그래도 한국에서 유명한 송중기 배우가 연예 매체에 의해 이렇게 취급당하고 있다. 이 정도 수준이 되는 배우도 언론이라는 매체에서 추측 보도와 소문으로 휘몰아치는 것은 일도 아닌가 보다. 다른 배우들은 오죽하겠는가?

또한 한국에서 권력은 1970년대 대마초 파동부터 시작하여 연예인을 이용하여 정권 유지 수단으로 이용하였다. 물론 정부의 성격에 따라서 자유롭게 활동을 할 수 있도록 장려할 때도 있었다. 요즈음은 정치권에 어떤 위기적인 이슈가 있을 때 국면 전환용으로 연예인 스캔들을 일으킨다고 하는데, 그것이 실제로 가능한 것인지는 의문이다.

2023년 12월 27일에 있었던 이선균 배우의 사망 사건은 우리를 너무 안타깝게 했다. 사건이 있기 약 2달 전부터 연예인 마약 사건이 있을 것이라는 소문이 돌았으면 그중의 한 명이 이선균 배우라는 것이 알려졌다. 여러 번의 마약 검사에서 음성이 나와 이 의혹에 대한 것이 없어지자, 문제를 개인의 사생활에 대한 내용으로 옮겨서 일반 대중에게 유포되었다. 이러한 상황에서 아마 이선균 배우는 다른 탈출구를 찾지 않고 명예를 지키는 방향을 선택하였다.

이처럼 도덕성에 대한 지속적인 의혹 제기, 부분적 사실이나 거짓에 근거한 히스테리적 공격을 하는 사건은 결국 피해자만 남게 된다. 피해자만 남고 고통을 받게 되나 가해자는 없는 사건이 된다. 설사 가해자가 있다고 하더라도 자신은 상황이 이 지경이 될 정도로 책임은 없다고 한다. 그 중간에 언론이라는 매개체가 있는 것이다. 이것이 집단 히스테리의 과정과 결과이다.

이처럼 연예인은 그 대중적인 명성과 인기 때문에 도덕적 문제에 대한 의혹 제기뿐 아니라 사소한 행동이나 말, 사진 하나에 의해서 가혹하게 평가되고 비난을 받는다. 그러나 이들 사회만큼 혹독한 경쟁과 노력을 하는 곳도 보기 힘들다. 또한 대중의 입장에서 여러 감정과 아쉬움을 가지게 하는 곳이지만, 우리 사회가 숨을 쉴 수 있는 문화적 자양분을 주는 필수 영역이기도 하다. 이런 연예인들의 활동이 없으면 우리는 산소도 없고 물도 없는 우주에 동떨어진 사막 행성에 있는 느낌일 것이다.

언론이나 경찰, 검찰 등의 권력 기관이 별다른 근거 없이 이들의 삶의 영역까지 너무 쉽게 침투하는 일은 없었으면 좋겠다.

(3) 주요 포털 사이트

언론에서 히스테리성 보도의 문제가 심각해지기 시작한 것은 전통적인 종이 신문과 방송 산업의 위기와 같이 온 것으로 생각한다. 닭이 먼저인지 달걀이 먼저인지 알 수 없지만, 어느 순간 우리는 모든 뉴스와 정보를 네이버나 다음과 같은 포털 사이트를 통해 소비하게 되었다. 이러한 포털 사이트의 뉴스와 정보는 우리의 모든 일상에 침투하였고 우리 삶과 가치관의 모든 영역에서 작동하기 시작하였다. 한글로 의사소통을 하는 대부분 사람은 이 포털 사이트에서 뿌려지는 뉴스와 정보를 소비함으로써 그들이 제시하는 가치관과 방향에 압도당하는 지경에 이르렀다.

사실이든 거짓이든 히스테리성 뉴스이든 그 포털 사이트에서 제시하는 내용만을 소비하게 되는 상황이 된 것이다. 그리고 그 포털 사이트에서 뿌려지는 정보나 뉴스가 지니는 가치와 방향성에 무방비적으로 우리의 삶에 침투하여 생각과 감정을 조종하기 시작하였다. 이들은 지난 5년 간 우리 사회의 가장 중요한 역할을 한 주인공이다. 주인공이며 권력자가 되었다.

문제는 이러한 포털 사이트의 편향성과 독점성이다. 그들은 스스로 언론으로서 기능을 한다는 것을 알기 때문에 뉴스의 객관성을 유지하기 위해 노력한다고 주장한다. 그래서 구독자가 많이 본 보도를 중심으로 인공 지능 프로그램의 알고리즘에 의해 뉴스가 선택된다고 한다. 그러나 많은 사람과 방송 종사자들은 이에 대한 의문을 품고 있었다.

MBC의 보도 프로그램 〈탐사기획 스트레이트〉는 2021년 3월 7일 네이버 모바일 뉴스가 인공 지능의 알고리즘에 의해 뉴스가 선택된다는 주장에 대해 검증하였다.

먼저 초기 설정된 네이버 모바일 뉴스의 보도량을 계량하였는데 보수 언론은 48.0%, 뉴스 통신사 24.4%, 지상파 등 중도 언론 23.8%, 진보 언론은 3.6% 로 나타났다. 이 보도에서 대다수로 표집된 언론은 중앙일보, 조선일보, 한국경제, 세계일보이었으며 중도로 분류될 수 있는 언론은 연합뉴스이었다. 이 현상은 PC에서 작동하는 알고리즘에서도 비슷하게 나타났다.

이후 이 프로그램이 시험해 본 것은, 실제로 인공 지능이 소비자가 선택한 뉴스에 따라 그것에 맞는 선택을 해주는가에 대한 것이었다. 보수 언론을 본 사람에게는 주로 보수 언론의 뉴스를, 진보 언론을 주로 본 사람은 진보 언론을 각각 모아서 추천해 주는가를 검증한 것이다.

보수 신문만을 보는 ID와 진보 신문만을 보는 ID를 새로 만들어서 2주 동안 자신의 경향을 가진 신문만을 보게 하였다. 그 결과 2주 동안 보수 언론만을 보게 학습시킨 ID는 중앙일보 9.6%, 연합신문 6.9%, KBS 6.5%, 조선일보 5.5%, YTN 5.3% 의 기사가 추천되는 모습을 보이었다. 그리고 진보 신문만을 보는 ID도 그 결과가 나타났는데 연합신문 14.1%, 중앙일보 10.2%, 조선일보 5.8%, KBS 5.7%, SBS 5.0%로 나타났다. 진보 신문만을 보게 하였던 ID는 주로 한겨레신문과 경향신문을 보게 2주간 학습한 결과인데도 보수 또는 중도 언론을 추천하는 결과를 보인 것이다.

인공 지능이 사용자의 이용 행태를 학습하여 기사 추천을 해 준다는 포털 사이트의 주장과는 달리 놀랍게도 보수 언론이나 진보 언론을 본 것과 상관없이 보수 언론이나 중도적인 뉴스 통신사의 기사 내용을 추천해 준 것이다.

이러한 보수 편향의 문제는 다른 카테고리를 통한 시험에서도 보수 매체 또는 뉴스 통신사가 똑같이 표집이 되는 결과가 나왔다. 네이버 이외에 다음 포털 사이트에서 똑같은 시험을 하였으나 결과는 네이버와 비슷하게 나타났다.

주요 포털 사이트에서 인공 지능을 통해 객관성와 중립성을 가지고 개인의 성향에 맞게 추천해 준다는 주장이 틀린 것으로 나타난 것이다.

이러한 언론 보도 선택 시스템은 보수 편향의 뉴스만을 노출하여 여론을 왜곡하게 된다는 심각한 결과를 낳는다. 그리고 보수 편향 뉴스를 보아야 하는 포털 시스템 안에서도 뉴스 생산자는 정보의 가치가 낮아도 사람들에게 시선이 갈 만한 뉴스를 만들게 된다. 소비자들은 본능적으로 지루하고 빈약한 사실보다는 자극적이고 선정적인 내용 위주의 뉴스를 선택하게 된다.

이의 결과로 뉴스 소비자는 궁극적으로 포털 사이트를 통해서는 보수 편향의 뉴스와 감정적이고 선정적인 뉴스만을 보게 되는 것이다. 최근에는 이런 상황이 조금 바뀌기도 하였으나 전체적인 방향이 달라지지는 않았다.

나는 이러한 뉴스를 생산하는 기자들의 생각이 어떤지가 궁금하였다. 그들도 이것을 문제라고 생각하고 있지 않을까?

2022년 8월 9일 윤석열 정부 출범 100일에 맞추어, 기자협회보와 마크로밀엠브레인에서 기자 1000명을 대상으로 2022년 7월 29일부터 열흘 동안 시행한 여론 조사를 발표하였다.

윤석열 정부가 가장 우선적으로 처리해야 할 미디어 정책을 꼽았는데, 첫 번째는 지역 언론에 대한 지원 확대가 27.9%, 두 번째가 공영방송 지배구조 개선 등 독립성 확보 방안이 24.5%, 세 번째가 포털 뉴스 아웃링크 추진 및 편집권 폐지가 22.7%로 결과가 나왔다.

이 결과를 보면 아직도 현장의 많은 기자가 우리 언론 소비자가 느끼는 것처럼 현재 뉴스의 생산과 소비 시스템에 문제가 있다고 생각하는 것을 알 수 있다. 아직 상식적인 생각을 하는 기자들이 남아 있다는 사실에 안도감이 들지만 안타까운 마음도 금할 수 없다.

(4) 뉴미디어와 각종 SNS

한국의 전통적인 신문과 방송의 영향력이 줄어들면서 대안적 언론의 영향력은 날로 커져가고 있다. 유튜브의 방송으로서의 기능과 메타, 카카오톡, 인스타그램 등 개인 SNS의 영향력은 점점 커져가고 있다. 지난 5년 동안을 되돌아 볼 때 확실히 유튜브의 영향력이 커진 것은 사실인 것 같다.

최근의 한 조사에 의하면 유튜브를 통해 뉴스를 소비하는 비율이 50%를 넘었다고 한다. 메타(META)의 회장인 마크 저크버그는 2024년 1월 말 미국 의회에 나와서 이러한 개인 SNS가 범죄의 온상이 될 수 있다는 점에서 사과는 하였지만, 여전히 전 세계적인 뉴미디어로서 핵심적 역할을 하고 있다.

인스타그램과 같이 자신의 일상과 삶을 보여 주는 매체도 개인의 불필요한 욕망을 자극하는 부작용을 가지고 있지만, 여전히 젊은 사람들에게 인기를 끌고 있다. 인플루언서(influencer)라는 새로운 직업이 생기기도 했다.

뉴미디어에 대해서 그냥 나열하면서 서술하였지만, 내가 그 작용과 부작용을 평가하기에는 아직 이른 것 같다. 어떤 매체도 순기능이 있으면 반대의 기능도 있기 마련이다. 그러나 한국에서 전통적인 신문과 방송이 제 기능을 찾지 않으면 이러한 뉴미디어가 그 역할을 대신할 것은 점점 분명하다.

(5) 한 명의 남자 배우와 일반인 여성 한 명

이 글은 쓰면서 아직 독자들이 연기성 성격장애를 잘 이해하지 못하지 않았을까 하는 걱정이 있다. 정신건강의학과 의사는 자신이 직접 환자를 진료하지 않은 경우, 어떤 진단적 견해를 내리는 것을 선호하지 않는다. 학회 차원에서도 이를 가급적 금지하고 있다. 그래서 필요한 경우, 일반적인 차원에서 모호하게 이야기하는 경향이 있다. 나도 여기서 그런 방식으로 연기성 성격 성향에 대한 설명을 보충하고자 한다.

현재 활동을 하지 않고 있으나 과거에는 유명했던 한 남자 배우의 사례는 히스테리적 행동의 한 전형인데 여기서 인용할 수 없어서 아쉽다. 그는 평상시에도 문제적 행동을 하여 사람들의 관심을 받는 방식으로 늘 이슈의 중심에 있었다. 연기도 비교적 잘 하는 배우에 속하였다.

그런데 나이가 들면서 그 역할이 축소되고 사람으로부터 관심이 멀어지기 시작하였다. 그런 시기에 아주 조그마한 일상적인 사건이 그에게 일어났다. 보통 사람이면 그냥 조용히 넘어갈 일인데, 자신이 무척 상처를 받은 것처럼 행동하였다. 이 기간이 길어지면서 나중에 그의 생활이 TV에 방송되면서 사람들의 주목을 받는 데 성공하였다. 이런 방식으로 연예인은 사람들의 관심을 유지시킬 수 있구나 하는 생각으로 한 번 언급해 본다.

한 명의 일반인 여성도 역사의 방향을 돌리는 데 기여할 수 있다. 그녀가 언급된 책을 읽어 본 적이 있다. 연기성 성격 성향을 많이 가지고 있었다. 이 여성이 한 행동은 한국의 역사를 바꾸었고 한국 사회와 국민들의 제반 가치관에도 영향을 주었다. 나중에 이 여성의 행동에 대한 진실이 밝혀지지 않을까 하는 생각이 들긴 하지만 아직 시간이 좀 필요할 듯하다. 사건은 벌어졌으나 진실은 자세히 드러나 있지 않다.

과거에는 마리 앙투아네트와 같이 왕궁에 있던 여인들이 역사의 방향에 영향을 주었다. 그것이 사실이든 아니든 말이다. 현재의 민주주의 사회에서는 이와 다르다. 일반인들도 역사의 물줄기를 바꾸는 주요한 역할을 할 수 있다.

그냥 이 여성에 대해서는 하나의 설명을 해 주고 싶다. 연기성 성격 경향을 가진 사람은 관심과 애정이 필요하지만, 평소에 관심과 사랑을 받았던 것이 없어지는 것이 큰 상처가 될 수 있다. 자신의 마음이 그런 과정을 거치지 않았는지 한번 되돌아 보았으면 한다.

제7장

극장사회는 우리에게
어떤 위험으로 나타나는가?

"일본은 동조 압력이 심해… 변화의 길이 좁다"

- 고레에다 히로카즈 -

극장사회는 우리에게
어떤 위험으로 나타나는가?

(1) 일본의 코로나 방역 관리와 후쿠시마 핵오염수 방류

2019년 코로나 바이러스의 변이에 의해서 전 세계적 감염병 위기가 닥쳤다. Covid-19 시대가 시작되었고, 약 3년 정도 지속되었다. 초기 팬데믹 상황에서 각 선진국이 어떻게 대응하는지가 관심이 있었으나, 한국이 선진국에서 배울 것은 별로 없었다.

거꾸로 아시아에서 보건의료 기술과 자원을 가지고 있는 한국과 일본의 대응이 주목을 받았는데, 이는 각 나라의 사회문화적인 면을 반영한다는 점에서 외신들이 비교해서 보도하였다.

2020년 3월 29일 워싱턴포스트 아시아-태평양판에서는 한국과 일본의 Covid-19의 초기 방역 정책의 차이점을 실었다. 그것은 한국이 코로나 바이러스 PCR 진단 키트를 널리 사용함으로써, 이 시기에 394,000명이 넘는 검사자 중 9,583명의 확진자를 찾아 낸 것에 비해, 일본은 한국에 대비해 인구가 2배인데도 불구하고 약 28,000명의 사람을 검사하여 1,724명의 확진자를 찾아낸 것을 보도하였다.

그리고 이 차이를 한국이 코로나 환자와 접촉을 했을 가능성이 있는 모든 사람에 대해 대량 선별 검사를 한 것 달리, 일본은 엄격한 기준을 두어 일정 수준의 증상과 기간이 지난 사람을 대상으로 표적 검사를 한 것으로 설명하였다.

일본의 이러한 코로나 진단 방식은 진단 검사량을 조절하여 확진자의 숫자를 조절하여 발표할 수 있는데, 로이터 통신은 일본 정부가 이러한 정책에 대해 '자기 만족'을 하고 있다고 비판하였다.

이후에도 개인적인 관심이 있어 방송에서 나오는 한국과 일본의 코로나 확진자와 사망자 숫자를 비교해 보고, Covid-19 시기가 끝날 때까지 추적해 보았다. 2020년과 2021년 TBS 아침 라디오 방송 〈김어준의 뉴스 공장〉에 나오는 일본 관련 뉴스를 통해서 그들이 어떤 정책으로 대응하는지 대해서도 알게 되었다.

내가 이렇게 일본 코로나 대응 정책에 관심이 있었던 것은 일본과 같은 초고령화 사회는 노인 인구가 많으므로 피해가 더 많지 않을까 하는 의문과 우려가 있어서였다. 그런데 코로나 전 시기를 거쳐 일본의 공식 발표에 의한 확진자 또는 사망자 숫자는 한국에 비해 많았던 적이 거의 없었다. 한국과 같은 특별한 방역 정책이 있었던 것도 아닌데 말이다.

이에 대해 〈김어준의 뉴스 공장〉 프로그램의 고정 출연자였던 호사카 유지 교수는 코로나 검사를 시행한 숫자가 적기 때문에 확진자의 숫자도 적은 것이라고 단언하여 말하였다. 검사를 하지 않으니까 확진자의 숫자가 적으며, 사망자도 코로나에 의한 것인지 아닌지 알 수 없다고 하였다. 그리고 일본의 행정 시스템에 대해서 설명하였는데 그들이 아직 팩스와 전화를 사용하여 전국적인 역학 통계 지표를 낸다고 하였다. 한국과 같은 인터넷 전산망이 구축되어 있지 않는 것이다. 그래서 일본 정부가 이야기하는 전반적인 코로나 관련 통계가 한국에 비해 부정확할 것이라고 이야기하였다.

그리고 나는 일본 NHK 보도에 따른 일본 정부의 확진자 통계를 따라가면서 살펴볼 수 있었는데, 이에는 다른 특이한 양상이 보이기도 하였다. 일본에서 특별한 사건이 일어나는 것에 따라 그 확진자의 수가 급격하게 변화하는 것이다.

 이전에는 낮은 수치를 보이던 확진자의 수는 도쿄 올림픽
이 개막일인 2021년 7월 23일 4,225명이 되었으며, 폐막일
인 8월 8일에는 14,472명이 되었다. 이후 일본 총리가 바뀌었
는데 기시다 후미오 일본 총리의 취임일인 2021년 10월 4일
에는 확진자가 22명 정도로 낮은 수치를 발표하였다. 올림픽
때 사람들이 많이 모이니 당연히 확진자는 많아져야 한다. 약
3.5배 정도면 적당할 것 같다. 그리고 폐막 이후 기시다 총리
의 취임까지 2개월 동안 그들이 방역 정책에서 특별히 새로
운 시도를 한 것도 없는데 그 숫자는 이렇게 급속도로 감소하
였다. 이런 스토리는 연극의 시나리오로는 아주 그럴 듯하다.

 상식적인 판단을 한다면, 검사 수를 줄여서 공식 확진자 수
를 줄인다는 일본 정부의 정책이 확인되는 순간이다. 이를 넘
어 전체적인 코로나 확진자 전체 숫자를 조작하지 않나 하는
의심도 든다.

 일본 의사협회에서 일본 정부의 이러한 방역 정책에 대해
지속적인 비판과 대안을 요구하였으나, 별로 반영되지 않았
다.

 2023년 8월 24일 있었던 일본 후쿠시마에서 핵오염수 방류

가 있었다. 방류 이전에 태평양을 접한 주요한 나라뿐 아니라 일본 내에서도 80%가 넘는 많은 반대 의견이 있었다.

알다시피 2011년에 있었던 후쿠시마 원전 폭발 이후 원전의 핵연료봉을 식히기 위한 냉각수가 있고, 원전 폭발 자체에 의한 지하수에 핵물질에 의한 오염이 있었다. 이후 폭발한 원자력 핵연료를 식히려 계속 투입한 냉각수와 원전으로 흘러드는 지하수에 의해 오염수는 계속 만들어졌다. 이 방사능으로 오염된 냉각수와 지하수의 축적이 문제가 되었고, 이 오염수는 그동안 천여 개의 저장 탱크에 보관하고 있었다. 시간이 지날수록 이를 저장하는 데에 한계가 오기 시작하였다.

이 오염수의 축적을 해결하는 것은 일본 도쿄전력과 일본 정부의 숙제가 되었다. 그들은 이 문제를 해결하는 데에 태평양을 사용하기로 하였다. 물론 태평양은 일본이 아닌 전 세계인의 바다이다. 일본 정부와 국제원자력기구(IAEA, International Atomic Energy Agency)의 이야기는 다음과 같다.

일본 도쿄전력이 60개 이상이 되는 방사능 물질을 자신들이 개발한 다핵종제거시설(ALPS, Advanced Liquid Processing System)로 처리해서 방사능 물질이 낮은 농도로 희석시킨다.

다핵종제거시설은 방사능 핵물질에 대한 일종의 여과장치, 필터(filter) 같은 것으로 이것를 통과하면 문제가 되는 방사능 핵물질이 필터에 걸려 그 농도를 희석시킬 수 있다는 것이다. 그리고 이 오염수를 바닷물로 더 희석하면 기준치 이하로 떨어진다. 그리하여 1Km 정도가 되는 파이프를 통해 바다로 방류하면 문제가 되는 방사능 물질을 줄일 수 있다는 것이다. 이중 삼중수소 하나는 문제가 될 수 있으나 반감기가 12년 정도로 비교적 짧고 인체 내에서는 영향은 극히 적으며, 어류 섭취 등으로 인해 장기간 생체 내 축적의 영향에 영향이 있을 수 있으나 미미할 것이라고 주장하였다.

후쿠시마 오염수 방류 반대 운동에 가장 앞장 섰던 그린피스(Greenpeace)는 이러한 주장에 대하여 현재의 다핵종제거설비 기술로 유해한 종류의 방사성 물질 수위를 방류 기준치 수준으로 낮출 수 없기 때문에 이를 해양에 방류해서는 안 된다고 주장하였다. 그 근거로 제시한 것이 2018년 도쿄전력이 1차 정화 처리를 마친 오염수 대부분에서 세슘134, 세슘137, 탄소14, 스트론튬90, 요오드129 등의 방사성 물질이 일상적인 기준치에 최대 2만 배 이상 높았다고 발표한 것을 예시로 들었다. 또한 삼중수소도 어류나 인체 등에 쌓일 수 있으며,

이것의 장기적 영향은 알 수 없기 때문에 위험하다는 것이다. 그리고 1km 정도가 되는 파이프를 통해 바다로 방류하는 것은 국제적으로 규제하는 핵물질의 '해양투기'라는 개념을 피하기 위한 술책이라고 비판한다.

처음 문제가 제기되었을 때, 당연히 이러한 핵오염수는 방류하면 안 되고, 그들의 주장대로 문제가 없으면 다른 용도로 사용하면 되지 않나 생각하였다. 그리고 핵심은 ALPS라고 하는 이 깨끗한 이름의 시설이 오염수에 들어 있는 인체에 해로운 방사능 물질을 얼마나 잘 희석할 수 있는가이었다. 상식적으로 판단하거나 전문가에 의하면 이러한 방사능 물질을 제거하는 기술은 현재 존재하지 않는다.

그러나 일본 도쿄전력은 민간 기업으로 ALPS의 시설이나 작동 원리를 일급 기밀로 하여 공개하고 있지 않다. 방류에 반대하는 전문가는 어느 정도 방사능물질의 희석은 가능할 수 있으나 불완전할 것이며, 희석시킨 방사능 필터를 어떻게 처리하는가도 문제라고 지적하고 있다.

이것이 현재의 우리의 핵폐기물 처리 기술의 수준이다. 우리는 기억한다. 한국에서 방사능 핵폐기물을 보관하기 위한 장소를 정하기 위해 얼마나 많은 노력을 하였으며 사회적 비용이 들어갔는가를 잘 알고 있다. 그러나 ALPS에 대해서는 알려진 것이 없다. 모든 것이 비밀이거나 의문투성이다. 이러한 상태에서 토론은 별로 의미가 없다.

나는 위와 같은 지식을 물리학과를 나온 친구들을 통해 얻었다. 이후 2023년 5월 18일 CBS 라디오 〈김현정의 뉴스쇼〉에서 방류를 용인하는 입장과 반대하는 입장의 전문가가 나와 토론을 하였다. 위의 내용에 대한 이야기 정도이었으며 별로 참고할 만한 것은 없었다.

핵방사능 물질을 희석 처리하여 의미있게 제거하는 정도의 기술이 성공했다면, 『네이처(Nature)』나 『사이언스(Science)』와 같은 유수의 잡지에 최소한 수백 편의 논문이 이미 실려 있어야 한다. 그러나 실제 이 잡지들은 이 시기에 공통적으로 일본의 후쿠시마 핵오염수 방류의 위험성을 알리는 논문들을 실어 내렸다.

8월 24일 있었던 후쿠시마 오염수 방류 이전과 이후, 언론에서는 계속 삼중수소가 인체에 미치는 영향에 대해서만 보도를 하였다. 전체적인 방사능 제거 기술의 발전 정도나 그 가능성에 대해서는 보도가 나오지 않았다. 방사능 핵물질도 숫자도 수십 개에서 수백 개까지 추정하는 등 일반인들은 도무지 알 수 없는 상황을 만들어 버렸다. 그리고 국제원자력기구는 일본의 오염수 방류가 문제가 없다고 승인을 해 주었으며, 소수의 물리학자는 그냥 일본의 주장에 맞는 말만 공식적인 자리에서 떠들었다. 논리적으로 설명을 하지 못하면, 그냥 문제 자체를 모호하게 만들고 중요하지 않은 논란거리로 축소시킨다.

이제 나의 머릿속에는 '핵오염수 내의 물질인 삼중수소는 크게 위험하지 않지만 장기적으로는 어떻게 될지 모른다. 일본은 방사능 오염수를 전 세계 바다에 뿌려서 희석하려고 하고 있구나' 하는 정도의 생각만 남게 되었다.

이러한 시끄러운 과정이 끝나자 일본 국민의 방사능 오염수 방류에 대한 반대는 30% 이하로 떨어졌다는 뉴스가 들려왔다. 그리고 2024년 2월에는 제4차 오염수 방류를 하였다는 소식도 들렸다. 아직 진행형인 문제이며 너무 전문적이고 큰 사건이라 이를 설명하는 데에도 힘이 부친다.

평소에 일본의 정치에 관심이 있지 않다. 그래도 가져왔던 의문은 민주 국가이고 다당제를 유지하고 있는데 왜 정권 교체가 일어나지 않는가 하는 것이었다. 아 잠깐 정권 교체가 있었던 적이 있기는 한 것 같다. 역사적, 문화적인 여러 설명이 있지만, 일본은 자민당의 총재가 그냥 총리를 하는구나, 일본 사회와 문화는 바뀌지 않겠구나 하는 정도의 생각이다.

그리고 위에서 언급한 두 가지 사건뿐 아니라 다른 면에서 일본 사회가 의원내각제라는 정치 무대 위에서 서 있는 커다란 극장사회가 아닌가 하는 인식도 함께 생겼다. 한국이 이러한 일본 사회의 모습을 따라가면 안 될 것 같다.

(2) 정치 배우 히틀러의 등장

아돌프 히틀러는 20세기의 가장 미스터리하고 악마적인 인물이다. 악마적인 부분은 이미 많은 사람이 잘 알고 있으니 여기서 이야기하지 않을 것이다. 그리고 독일이라는 국가가 어떤 과정을 거쳐 그 최악의 순간까지 가게 되었는가에 대한 미스터리적인 면에 대해서도 많은 연구가 진행되었다. 이에는 독일의 경제사회적 상황, 그런 과정으로 이끈 인물 연구, 민주적 정치 세력의 잘못된 판단, 적대 세력에 대한 폭력과 통제, 우생학적 이념과 정책 등에 대한 내용이 있다. 그 주인공은 물론 히틀러이지만 그것이 가능하게 한 이너 서클의 여러 사람들이 있었다.

알려져 있듯이, 민족사회주의 독일 노동자당(National-sozialist Deutsche Arbeiterpartei, NAZI, 나치)은 독일 바이마르 공화국 민주주의 체제에서 잉태되어 서서히 세력을 키워나갔다. 이 시기 독일은 1차세계대전 패전의 배상금 문제로 인하여 실제적인 경제적 어려움이 있었다. 또한 서유럽의 자유주의, 러시아 볼셰비키 공산주의 혁명, 독일의 11월 혁명과 사회민주주의, 사회진화론 등 여러 이념이 실현되고 경쟁하는 매우 혼란한 시대이었다. 현대 사회와 비교해 볼 때, 우생학을 통한 사회진화론이나 폭력에 의한 사회 혁명이라는 생각이 그 위험성에 대한 인식이 없는 상태에서 유럽 지성의 사회에서 논해지고 있었다는 점이다.

독일의 나치는 이러한 이념적 혼란과 독일 경제의 어려움 속에서 민족사회주의를 중심으로 반유대주의, 반사회주의라는 이념을 전파하기 시작하였다. 근거도 없는 게르만족 우월주의 사상이나 유대주의와 공산주의에 대한 극단적 반감과 혐오에 기초한 어설픈 사상적 체계가 형성되었다.

1919년 조그마한 군소 정당으로 시작을 한 나치는 히틀러가 등장하면서 대중에게 서서히 알려지기 시작한다. 1920년 2월 나치는 뮌헨에서 첫 번째로 대규모 연회장에서 대중 집회를 하였는데 히틀러는 이 집회에서 가장 인상적인 연설을 하였다. 먼저 1차세계대전 패전 이후 대중들이 겪는 가난과 고통에 대한 정부의 역할을 강조하였다. 이후 이러한 상황을 초래한 베르사유 조약에 대해서 거론하며 이 조약을 지지하는 정치인들에 대해 공격하였다. 초기부터 독일 경제와 사회를 옥죄고 있는 베르사유 조약에 대한 폐기를 명확히 한 것이다.

이후 힘들어진 대중의 생활에 대한 원인을 유대인 때문이라는 선동을 하였다. 그들이 개입하여 1차세계대전에서 독일이 패전하게 되었다는 그럴듯한 거짓말도 하였다. 특이하게도 반유대주의 정서가 있었던 독일 사회에 이러한 이야기는 청중들을 강하게 선동하는 힘을 발휘하였다. 정당이 독일 내에서 영향력이 높아지면서 대중에게 강력한 인상을 심어주기 위해 여러 방법을 활용하기도 했다. 군복, 깃발, 휘장을 사용해 나치당원을 보통 사람과 외모부터 구별시켰다.

점점 이에 동조하여 그에게 충성을 바치는 사람들도 늘어나게 되었다.

여러 인물들이 있었는데, 헤르만 괴링은 보수주의 정당과 산업계와 연결하여 나치 운동의 경제적 기반을 마련해 주었다. 나치 이념의 나팔수이었던 요세프 괴벨스, 친위대장을 맡아서 여러 일상적인 공포를 조성하고 정보를 장악한 하인리히 히믈러 등이 주요한 사람들이다.

에른스트 룀은 초기 나치 돌격대의 대장으로 유대인과 정적에 대한 일상적인 폭력과 위협을 통해서 나치의 폭력을 통한 불법 활동을 하는 것에 기여하였다. 또한 가난한 노동자들이 나치를 지지하게 만드는 데 주요한 역할을 한다.

이러한 폭력은 공포를 조성하면서 이성적이고 합리적인 정치 세력의 힘을 약화시킨다. 약간의 사회주의적 성향을 띠었던 그는 1934년이 되어서 쓸모가 없어지자 숙청을 당하는 운명을 맞이한다.

히틀러는 1923년 뮌헨의 맥주홀 폭동에서 투옥, 석방되고 난 다음, 이후부터 선거를 통한 정치권력의 획득으로 목표를 수정하였다. 1928년 3%로, 처음에는 나치에 관심이 없던 독일 국민도 1929년 10월 미국으로부터 시작된 세계 대공황에 의해 영향을 받고 혼란이 가중되면서 독일 민족의 부활이라는 히틀러의 그럴듯한 이야기에 관심을 가지게 된다.

이 과정에서 독일 우익 정당 지도자들의 히틀러에 대한 과소평가도 중요한 실수로 작용한다. 1930년 18%, 1932년 37%, 1933년에는 33%의 유권자의 지지를 받으면서 나치는 독일에서 떠오르는 가장 유망한 정당이 되었다.

특히 괴벨스는 1932년 선거에서 새로운 선전술을 이용하였다. 미국에서 하는 바와 같이 비행기를 한 대를 빌려서 '독일을 굽어 살피는 지도자'라는 구호를 매달고 독일 전역을 다니면서 히틀러가 연설을 하게 하였다. 도시를 비행기로 이동하면서 모여 있는 군중에게는 하늘에서 '메시아'가 내려오는 듯한 느낌을 들게 하기 위함이었다. 이를 위해 일부러 군중이 모여 있는 장소에 늦게 도착하기도 하며 히틀러의 연설을 통해 나치의 이념을 설파하였다. 1932년 독일 인구의 1/3에 해당하는 사람들이 그를 하나의 정치인을 넘어선 자신들의 지도자로서 받아들이기 시작하였다.

당 조직 내에서도 권위적 질서를 만들었지만, 정치 권력의 획득에는 이러한 히틀러 개인의 대중 선동 능력이 핵심적인 역할을 하였다. 또한 나치의 이념을 실현하기 위해서는 1인지도자 체계를 채택하였으며, 이는 자연스럽게 히틀러를 당내 조직보다 상위에 있는 영도자와 같은 위치로 자리매김하게 하였다. 이러한 나치의 권력 획득에서 나치가 보여 준 연극적 방식의 정치 행위는 짧은 시간에 정권 획득이 가능할 수 있게 한 것이다.

역사학계의 히틀러 연구의 권위자인 이언 커쇼는『히틀러』라는 평전에서 그를 정치 배우라고 칭하고 다음과 같이 표현을 하였다.

"히틀러는 누가 뭐래도 일급 배우였다. 청중이 빽빽이 들어찬 집회장에 일부러 늦게 나타나는 것이나 철저하게 계산된 연설, 다채로운 어휘 선택, 화려한 손짓과 몸짓까지 이 모두가 관객의 반응을 염두에 둔 행동이었다. 갈고 닦은 연기력은 타고난 말솜씨를 더욱 돋보이게 만들었다. 처음에는 잠시 뜸을 들이면서 긴장을 고조시키다가, 낮은 소리로 머뭇거리듯이 입을 열었다. 히틀러의 연설은 감미롭지는 않았지만, 변화와 리듬이 있었고 생동감과 박진감이 넘쳤다. 문장을 스타카토처럼 딱딱 끊다가는 적당한 대목에서 속도를 줄이면서 핵심을 강조했다. 연설이 점점 달아오르면 손동작도 활발해지고 적에 대한 신랄한 야유도 터져 나왔다. 이 모두가 감동을 극대화하려고 고안한 연출이었다."

히틀러는 1933년 1월 30일, 아직까지 남아 있던 여러 자유주의 우파 정치 세력에 대한 위협과 타협을 통하여 독일의 총리가 된다. 이는 독일의 역사가 새로운 국면으로 접어들었음을 의미한다.

1933년 2월 27일 독일 국회의사당 방화가 일어났는데, 이는 독일이 민주주의 국가에서 독재 체제로 전환되는 중요한 계기가 된다. 네덜란드 출신의 한 공산당원이 독일 연방의 국회 의사당을 방화하였다고 하나, 현재까지 나치의 음모이었다는 설명이 더 강력하게 제기된다.

극적인 변화와 지배력의 확대를 위해서는 하나의 드라마와 이야기가 필요하다. 이 사건으로 히틀러 정부는 '국회 의사당 화재 법령'으로 불리는 긴급 조치를 시행하였다. 나치 정부는 이 조치에서 언론과 집회의 자유를 제한하고, 사회주의와 자유주의 정치 활동을 금지하고 이러한 정치 활동에 합법적, 비합법적 폭력을 가하기 시작하였다.

이 과정은 미국 역사학자 벤저민 카터 헷의 저서 『민주주의의 죽음』을 번역한 책 『히틀러를 선택한 나라』에 자세히 서술되어 있다.

1930년 3월에서 1932년 5월까지 독일 총리를 지낸 민주주의 정당, 중앙당의 하인리히 브뤼닝은 나중에 그 사건을 회고하며, 다음과 같이 말했다고 한다.

"국회 의사당 화재와 범인이라고 하는 사람에 대한 뉴스를 접하면서 많은 사람은 더 이상 정부의 폭력 행위에 화를 내지 않게 되었다. 사람들은 마비된 것 같았다."

민주주의를 파괴한 자리를 대신한 자리에는 나치 이념인 독일 민족의 우월성과 공동체의 단결을 통한 부흥이라는 구호가 획일화되었다. 이를 위해서 신문과 방송은 정치, 문화적 이벤트를 끊임없이 기획하였다.

이제 독일의 언론과 정치, 사회는 히틀러를 위한 질적으로 변화한 거대한 극장이 되었다.

제8장

극장사회의 진행과
극장국가로의 완성

"거짓과 진실의 배합이 100%의 거짓보다 더 큰 효과를 낸다."
"거짓말은 처음에는 부정하고 그 다음에는 의심하지만
되풀이하면 결국에는 믿게 된다."

- 요세프 괴벨스 -

극장사회의 진행과 극장국가로의 완성

(1) 미국 연방의회 의사당 점거 사건

2021년 1월 6일은 미국 연방의회 의사당에서 상하원 합동 회의로 조 바이든을 46대 대통령을 공식 인정하는 날이었다. 이날 트럼프의 지지자들은 미국 민주주의 상징이라고 할 수 있는 연방의회 의사당에 난입하여 습격하는 일이 생기었다. 최루탄이 난무하고 총기가 사용되는 등의 일대 혼란이 벌어졌다. 실시간으로 중계된 이 장면은 전 세계 시민들에게 큰 충격을 주었다.

트럼프의 대선 불복 움직임은 자신의 패배가 예측되면서 이미 준비되고 있었다. 그것은 46대 대통령 선거에서 처음 도입된 우편 투표에 대해 시비를 거는 것부터이었다. 이는 Covid-19 시기라는 조건에서 처음으로 도입된 제도이었다. 그는 아무런 근거 없이 이 우편 투표에 부정행위가 있어 선거가 공정하지 않다고 주장하였다. 선거에서 패배할 경우, 승복하지 않고 대법원까지 가서 선거 결과를 바꿀 것이라며 허풍을 떨었다. 이 시기 미국 연방대법원은 보수적 색채가 강한 판사들로 다수로 구성되어 있기는 했다.

46대 대통령 선거의 윤곽이 드러난 2020년 11월 6일, 트럼프는 기자 회견에서 선거에서 부정행위가 있었다며 자신이 대통령을 도둑질당했다는 주장을 하기 시작하였다. 미국의 주요 방송사인 NBC, CBS와 ABC는 회견 중간에 '이것은 거짓 뉴스'라고 하면서 중계를 중단하였으며, 나중에는 트럼프의 우군이었던 FOX 뉴스조차도 트럼프의 부정 선거 주장을 비판하였다. 미국의 46대 대통령이 조 바이든으로 결정되는 순간이었다.

연방국가인 미국의 대통령 선거 결과 확정은 조금 복잡한 과정을 거치는데, 최종적으로는 상하원 합동 회의에서 결정된다. 그 날짜가 바로 2021년 1월 6일이었는데, 이날 트럼프의 지지자들이 의회 의사당에 난입, 바이든의 대통령 당선 확정 절차가 중단되는 사태가 발생한 것이다. 의회 의사당의 회의가 열리기 전 열린 대중 집회에서 트럼프는 다음과 같이 말하였다.

"저는 여기 있는 모든 분이 의사당 건물로 행진해서 평화롭게 애국적으로 목소리를 낼 것으로 알고 있습니다. 우리는 나약한 의원들을 제거해야 합니다. 도움이 안 되는 의원들 말입니다. 우리는 그들을 제거해야 합니다."

이후에 그 지지자들은 마치 계획이나 한 듯이 고무되어 무분별하게 의사당 벽을 타고 올라가 유리창을 깨고 의사당 건물 내부까지 들어가 난동을 부렸다. 하원의장실에 들어가서 장난을 치기도 하고 기물을 파손하기도 하였다. 이 과정에서 상하원 의원들은 급하게 자리를 피하였으나, 시위대 3명과 경찰관 1명이 사망하는 일까지 벌어졌다.

트럼프는 줄곧 자신의 지지자에게 46대 대통령 선거는 부정 선거이며, 분노하라고 메시지를 던졌다. 미국과 같은 민주주의 국가에서도 대다수는 아니라도 소수의 사람은 이러한 선동에 넘어가서 행동하게 된다.

정치적 선동은 추측이나 바램에 기반한 사실 왜곡, 감정에 대한 극적인 호소, 즉 히스테리적 자극과 공격의 다른 말이다. 미국 뿐 아니라 전 세계 시민에게 의회 민주주의라는 대의 체계가 얼마나 허약한 토대 위에 놓여 있는지를 깨닫게 하였다. 미국 언론 대다수도 일제히 이러한 의회 난입 유혈사태에 대해 '전례 없는 민주주의에 대한 공격'이라고 규정하였다. 트럼프는 자신과는 관련이 없는 일이라고 주장하였다.

트럼프는 퇴임 이후에도 재미있는 모습을 보여 주었다. 2001년 9월 11일, 알 카에다가 세계 무역 빌딩을 공격한 사건에 대한 사망자 애도에는 전직 미국 대통령들이 모두 참가한다. 희생자에 대한 명복을 빌고 미국인을 단합시키는 상징적인 날로 자리매김하고 있다. 그는 이 행사에도 참여하지 않는다. 2021년에는 같은 날 격투기 대회를 개최하는 기행을 보였다. 2020년에 있었던 미국 46대 대선이 부정(denial)이었다고 스스로 세뇌하고 시위하는 것이다.

때로는 정치라는 것이 잘 이해가 되지 않을 때가 있다. 위와 같은 행동으로 비난을 받던 트럼프가 2024년 미국 대선에서 공화당의 후보가 되어 민주당의 카멜라 해리스 대선 후보와 대결할 것으로 보인다. 이미 자신이 대통령이 되면 "다음날 러시아, 우크라이나 전쟁을 끝낼 수 있다.", "친이란의 무장 저항 세력인 헤즈볼라는 똑똑하다.", "이민자들은 사람이 아니다. 짐승이다."는 등의 말을 하면서 자신의 존재감을 점점 끌어 올리고 있다.

지난 4년 동안 이런 관심이 얼마나 간절했겠는가?

(2) 나치 독일의 뮌헨협정

1933년 2월 국회 의사당 방화사건 이후 히틀러는 권력 전체를 차지하기 위해 여러 정치 사회적 작업을 하나씩 해 나갔다. 마침 1934년 8월 19일 독일의 대통령이자 1차세계대전의 영웅이었던 힌덴부르크 대통령이 사망하였다. 힌덴부르크 대통령이 사망한 이후 대통령과 총리의 권한을 하나로 합친 권력을 가질 수 있게 한 법률을 통과시켰다. 이후 바로 시행된 선거에서 히틀러가 89.9%라는 높은 득표로 마침내 독일 총통, 최고 권력자로 오르게 되었다.

이후 나치는 정치적 반대파를 제거하기 위해 언론과 사회 장악을 위한 시도를 한다. 민주주의 체계를 무너뜨리고 나치 이념으로 여론과 권력을 일체화하는 시도를 하였다. 이것에 대한 일은 '나치 독일의 나팔수'라고 불리는 요세프 괴벨스가 맡아서 하였다. 히틀러 총리와 힌덴부르크 대통령이 권력을 분점하고 있던 1933년 이미 괴벨스는 독일 제국국민계몽 선전장관으로 임명되었다.

　책『괴벨스 대중 선동의 심리학』제9장을 보면 괴벨스가 선전장관에 임명된 이후 언론을 어떻게 상대하고 장악, 이용하였는지 알 수 있다. 그의 접근은 일단 많은 국민이 적대감을 가지고 있는 유대주의와 사회주의 언론은 정리하고, 자유주의 신문에 대해서는 나치의 관리하에 두고 감독, 지배하는 것이었다.

　괴벨스는 언론을 프랑스 혁명의 자유주의적이고 계몽적인 정신의 산물이자 도구라고 생각하였다. 그래서 대다수 언론은 당시 나치가 가지고 있던 '전체주의적 견해와 방향'에 반대한다고 알고 있었다.

　먼저 타깃이 된 것은 유대주의와 사회주의 언론들이었다. 1933년 시행된 '독일민족수호' 법령을 근거로 최초로 유대인 기관들 자체가 없어지면서 이들 유대 언론이 사라졌으며, 이어 〈전진〉, 〈적기〉와 같은 사회주의 신문을 폐간시켰다.

　이후 자유주의 성격의 신문인 〈포시세 차이퉁〉은 1934년 3월 폐간을 시켰다. 이후 비슷한 자유주의적 신문인 〈도이체 알게마이네 차이퉁〉, 〈베를리너 뵈르젠차이퉁〉을 인수하였다. 독일의 신문 중 해외에서도 유명했던 〈프랑크푸르트 차이

퉁〉은 자유주의적 시민 문화의 주도적 언론이며 하나의 알리
바이와 선전을 위해 1943년 8월까지 발행을 허용하였다.

　여기서 괴벨스의 자유주의와 민주주의 진영의 언론 장악의
과정과 결과를 이해하기 위해 위의 책에서 두 개의 문장을 추
가 인용한다.

'1933년 나치당은 독일의 신문 발행 출판사 중 2.5%를 보유하고 있
었는데, 여기서 일간지 및 주간지 약 120종을 발행했으며, 총 부수
는 1백만 부 정도였다. 그러나 1차 세계대전 당시 히틀러의 상관이
었던 아만은 1939년까지 약 1500개의 신문사를 인수하였는데 여기
서 2,000종 이상의 신문을 발행하였다. 그 중에서 특히 〈도이체 알
게마이네 차이퉁〉을 발행하는 도이치 출판사, 〈베를리너 뵈르젠차
이퉁〉, 그리고 1939년 히틀러의 50살 생일에는 〈프랑크푸르트 차
이퉁〉을 인수했다. 1945년까지 나치의 언론 〈트러스트〉는 독일 출
판사의 80% 이상을 합병했다.'

'괴벨스는 특히 라디오에 주목했다…. 생긴 지 10년도 채 되지 않
은 이 매체를 괴벨스는 본질상 권위주의적이라고 보았고, 그후 텔
레비전이 발명되기 전까지 전체주의 국가에 자연스럽게 복무하는
대중 선동에서 가장 중요한 도구로 간주했다. 괴벨스의 생각에는,

오로지 라디오만이 국민을 완전히 장악할 수 있게 해 주는 것이었다. 이를 위해 필수불가결한 기술적 전제 조건들을 확보하기 위해 괴벨스는 방송국 네트워크를 확장하고, 길거리와 광장에서 제국 스피커 기둥을 설치하고, 저렴한 수신 장비의 생산을 추진했다. 국민수신기라 불리며 76마르크에 판매된 이 라디오를 이후 국민들은 괴벨스의 주둥이라고 불렀다.'

이처럼 독일 내의 자유주의와 사회민주주의 포함한 모든 반대파의 입을 막기 위해 언론사를 직접 소유하였다. 이후 수년에 걸쳐 언론과 사회의 모든 영역에서 나치 이념을 강요하며 사회를 일체화해 나갔다. 물론 이것은 나치 친위대장 히믈러가 수행한, 히틀러 반대 세력에 대한 폭력이 동반되었기에 가능한 일이었다.

시대와 상황은 다르지만, 한국의 보수 정치인들이 권력을 차지하게 되면 하는 행동과 흡사한 면이 있다. 물론 노골적인 폭력은 없으나 은근히 극우, 보수적인 이념을 강요하는 양상으로 나타난다. 한국의 보수 정부는 언론에 대한 장악을 항상 시도하였으며 방송과 신문사 같은 경우 이러한 정부가 들어서면 한 번씩 심하게 홍역을 앓곤 한다. 보수 정부는 나치의 괴벨스를 비판하기는 하지만 이를 따라 배우려는 경향도 보인다.

이후 나치는 1934년 9월 뉘른베르크 전당대회에서 연극 정치의 새로운 모습을 창조해 내어 예술의 한 영역으로 끌어 올렸다. 레니 리펜슈탈 감독은 영화 〈의지의 승리〉라는 다큐멘터리 탁월한 정치 선동 영화를 만들었다. 수많은 조명이 환상적인 분위기를 연출하는 가운데, 아돌프 히틀러가 마치 신이 강림하는 듯한 분위기로 단상에 오른다. 그가 힘차게 연설을 할 때마다 청중은 열광적인 반응을 보여준다. 광신적인 종교 집단처럼 히틀러의 일거수일투족에 열광하던 군중이 보이는 가운데, 확신에 가득찬 지도자가 포즈를 취할 때 거의 광란의 상태로 접어든다.

1936년 베를린 올림픽은 독일의 부활을 전 세계에 알리는 또 다른 극장이 되었다. 미국과 영국의 선수를 제외한 모든 나라의 선수들은 올림픽 개막식에서 히틀러에게 독일식 경례를 하며 입장하였다. 히틀러가 육상에서 금메달을 딴 미국 흑인 선수에게 한 인종주의적으로 가득 찬 태도를 보였지만 독일 내에서는 이를 아무도 문제 삼지 않았다.

이 올림픽은 히틀러가 독일이 이제 전 유럽을 정복해 나갈 수 있을 것이라는 자신감을 주었다. 근거 없는 독일 민족의 우수성은 증명되었고, 위험한 인종주의적 사상이 현실에서 실현될 수 있다는 환상이 퍼지기 시작한다.

1936년에는 히틀러의 생각을 세계를 대상으로 시험해 보는 첫 번째 시도가 있었다. 그것은 3월 7일이 있었던 독일 군대의 라인란트 진격이다. 라인란트는 베르사유 조약에 따라 프랑스와 벨기에 쪽으로 설정된 비무장 지대 지역을 말한다. 그의 라인란트 진격 명령은 독일군의 재무장을 국제적으로 승인받으려고 하는 시도로 심각한 상황 변경 시도였다. 그러나 프랑스와 영국 등 조약 당사국들이 이에 소극적으로 대응하면서 히틀러는 무사히 뜻을 이룰 수 있었다.

1937년부터 그는 전 세계 국가를 상대로 본격적으로 히스테리적인 도발과 공격을 시작한다. 초기의 게르만 민족의 '생활 공간' 확보라는 생각이 영토 확장이라는 목표로 구체화된 것이다. 다른 나라에 비해 식민지가 부족했던 독일은 동유럽으로 눈을 돌려 이를 시작하려고 했다. 체코에 대해 적당한 침공의 명분이 없었던 나치 독일은, 체코 내 독일 민족이 탄압받고 있으며 위대한 독일로 병합을 요구한다고 선동을 하기 시작하였다. 체코 내 독일인 거주 지역을 '주데텐란트 (Sudetenland)'라고 불렀는데, 나치 독일은 주데텐란트 내 독일인을 부추켜서 논란을 만들어 낸 것이다.

이러한 독일의 움직임에는 1차세계대전 이후 1919년 파리 강화회의의 결과를 거꾸로 이용한 것이었다. 이 파리강화회의에서 미국 우드로 윌슨 대통령은 '민족 자결주의'를 주창하였다. 원래 이것은 1차세계대전의 패전국의 식민지 국가에 대한 지배를 금지하는 것이 주요 골자이었다.

그러나 독일은 이 국제연맹의 민족 자결주의의 논리를 교묘히 비틀어서 체코 내 독일인들이 핍박을 받고 있으니 독일 민족의 영토로 합병해야 한다고 주장하였다. 독일 영토 확장의 첫 발걸음을 내민 것이다. 예나 지금이나 나쁜 정치인의 말의 왜곡과 내용 비틀기 방식은 한결같이 교묘하다.

나치 독일의 이러한 움직임에 영국과 프랑스는 그들의 목표를 짐작하였지만, 끝까지 전쟁이 일어나는 것을 원하지 않았다. 이들 국가는 다시 1차세계대전과 같은 참상으로 들어가는 것을 막기 위해 필사적으로 노력하였다. 이것이 바로 뮌헨협정이다.

뮌헨협정은 1938년 9월 30일, 뮌헨에서 영국, 프랑스, 나치 독일, 이탈리아에 의해 체결된 협정이다. 체코 내 주데텐란트 라고 불리던 지역을 나치 독일에게 양도하는 것을 골자로 하는 협정이다. 4국 정상회담에서 영국과 프랑스는 이 협정으로 나치 독일이 당시 체코의 영토였던 주데텐란트 지역의 병합을 묵인해 주면서 히틀러가 더 이상의 영토 확장을 하지 않는다는 약속을 받은 것이다.

이 뮌헨협정의 주인공 중의 하나인 영국의 체임벌린 수상은 당시 히틀러에 대해서 약속을 받아낸 것을 자랑하였으나 히틀러는 그 약속을 지킬 생각이 없었다. 그냥 자신을 유럽의 평화를 지키기 위해 노력하는 사람으로 잠시 포장을 한 것이다. 약 1년 뒤인 1939년 그는 폴란드를 침공함으로써 행동을 시작하였다.

극장국가, 나치 독일은 전 세계를 대상으로 2차세계대전을 일으켰고, 수천만의 인명이 희생되는 비극이 일어났다.

제9장

히스테리 언론은
한국 정치와 어떻게 결탁하는가?

"몇 사람을 영원히 속이거나
모든 사람을 일시적으로 속일 수 있지만
모든 사람을 영원히 속일 수는 없다."

- 에이브러햄 링컨 -

히스테리 언론은 한국 정치와 어떻게 결탁하는가?

정치는 사회 집단 간의 이익 충돌을 조절하는 기능 활동이라고 들었다. 최근에는 국가 자원 배분에 대한 사회 구성원들의 합의를 위한 노력이라는 정의도 설득력있게 들렸다. 이외에도 여러 정치학자나 철학자가 내린 무수한 정의가 있을 것이다.

정치의 영역은 기능적 활동으로 히스테리적인 방식이 일시적으로 필요하고 작동하는 분야라고 생각한다. 우리 사회에서 문제가 되는 것들을 바꾸어 나가고, 국민을 설득하기 위해서는 이러한 방식이 어느 정도는 용인이 되고 이해를 해 주는 것이다. 그러나 이러한 방식을 너무 과도하게 사용하는 것은 문제가 있다. 진실을 왜곡할 수 있기 때문이다.

요즈음 우리 언론에서는 보수와 진보 가리지 않고 상대방의 정치 행위에 대해 '정치쇼'라고 표현하는 말이 부쩍 많이 등장한다. 이는 상대 진영의 주장이나 정치적 행동이 진정성이 없다는 것을 표현하기 위해서이다. 이외에도 다른 말로 부정적이며 강한 뉘앙스를 가진 '선전, 선동'이라는 말로 표현하기도 한다.

한국의 언론 지형은 보수 쪽에서 진보 진영으로 심하게 기울어진 운동장이다. 보수 정치인에 대해 일방적으로 편을 들어 주는 태도와 보도가 보편적이다. 대신 진보 정치인에 대해서는 지나치게 공격적이며 그들의 주장은 잘 보도해 주지 않는다. 한국의 언론은 자신들이 기득권의 일부라고 생각하는 듯하다.

이러한 기울어진 언론에서는 보수 정치 진영은 쉽게 히스테리에 기반한 정치를 할 수 있고, 진보 정치 진영은 사실에 기반한 국민의 정서와 논리, 반론을 전달하는 것조차 어렵다. 뉴미디어를 통해서 그 돌파구를 찾고 있는데 아직 힘이 부족해 보인다.

히스테리 뉴스에 대해서 이야기하고 있지만, 앞에서 설명하였듯이 일방적으로 편을 들어주는 뉴스에 비해서는 힘이 더 강하지 못하다. 일방적으로 편을 들어주는 태도와 뉴스는 더 많은 방법으로 보수 정치 진영을 옹호하고 있으며, 진보 정치 진영의 주장을 무시하거나 다양한 방법으로 공격한다.

결론적으로 이야기하면 한국의 진보 정치는 히스테리의 부족으로 고통받고 있으며, 한국의 보수 정치는 히스테리의 과잉으로 망해가고 있는 느낌이다.

(1) 한국의 진보 정치

분단이라는 한반도의 구조적인 조건은 한동안 한국에서 민주적이며 진보적인 정치가 발전하기 힘든 장애가 되었다. 김대중 대통령의 1997년 정권 교체 이후에 처음으로 민주 진보를 지향하는 세력이 제도 정치권의 또 하나의 주류 세력으로 힘들게 자리 잡았다.

그러나 한국의 언론은 진보 정치인들이 대변하고자 하는 중산층과 서민, 사회적 약자들의 목소리는 방송과 지면에 잘 반영하지 않는다. 특히 진보 진영에서 서민이나 사회적 약자를 대변하고자 하는 이야기는 특별한 방식이 필요하지 않다. 그냥 그들의 실제 삶을 보여 주는 것만으로도 드라마가 되고 보는 사람의 감정을 자극한다. 대부분 슬프거나 안타까운 삶의 이야기인지라 따로 각색을 할 필요도 없다.

문재인 정부 시절 KBS 9시 뉴스에서 한국의 노동 문제를 주제로 잡아서 노동 현장의 문제를 개선하고자 한 적이 있었다. 마음이 불편했지만, 어떤 대책이 필요하지 않나 싶었다. 그래도 이런 노력으로 현재 50인 미만의 사업장에 '중대재해 처벌법 등에 대한 법률'이 시행되고 있는 것은 그나마 중요한 성과이다.

최근 들어 언론 환경은 민주 진보 진영에 더욱 악화되고 있으며 이러한 경향은 고착되고 있다. 또한 진보 진영이 제시하는 정책이나 정치인에 대한 무시와 폄하는 일상적인 일이 되었다.

더불어민주당(이하 민주)의 이재명 대표는 특별한 혐의점도 없어 보이는데 여전히 언론에서 부패 의혹이 거론되고 검찰에 의해서 법정으로 불려나가고 있다. 이재명 대표는 언론과 검찰이 만드는 '범죄극장'의 주인공으로 끊임없이 소환되고 있다. 이제 그만 하였으면 한다. 민주 진보 진영의 대표 정치인이 이렇게 언론에 의해 히스테리적 공격을 받고 있으니 다른 정치인은 오죽하겠는가. 언론은 진보 정치인에 대해서 정치적인 공격이나 공작도 할 때에도 도움을 주기도 한다.

2021년 6월 민주당의 전 국회의원이었던 김재윤 시인의 사망은 이러한 정치 공작이 아직도 이루어지고 있다고 생각되어 하나의 예로 들어 본다.

그는 2014년 8월에 같은 당 소속 국회의원인 신계륜, 신학용과 같이 서울종합예술실용학교 이사장 김민성으로부터 뇌물을 수수한 혐의로 구속되었다. 김민성 이사장은 학교의 이전 교명이었던 '서울종합예술직업학교'에서 직업 대신 실용으로 바꿀 수 있도록 이들에게 로비를 하였다고 한다. 당시 야당 국회의원이었던 이 세 사람은 관련 상임위원회에 속해 있었는데, 김민성 이사장이 원하는 대로 이름을 바꿀 수 있게 법을 개정해 주는 대가로 김재윤 의원이 뇌물 약 5000만원을 받았다는 것이다. 2015년 11월 12일에 징역 4년을 선고받아 의원직을 상실했으며 향후 10년간 피선거권이 박탈되었다. 대법원까지 유죄 판결이 난 다음 2018년 8월 20일 형기를 마치고 만기 출소했다.

이러한 전 과정에서 김재윤 의원에게 유리한 알리바이와 상황이 많이 있었음에도 불구하고, 언론은 이 야당 의원들에게 호의적이지 않았다. 단지 검찰에 의한 사실 보도만 간단히 하면서 이들이 뇌물을 받은 것을 기정사실화 하였다.

김재윤 전 의원은 징역형을 실고 나와 이 사건이 김민성과 검찰에 의해 조작된 사건이고 뇌물을 받은 적이 없음을 일관되게 주장했다. 당시 재판에서 유일한 증거였던 김민성 이사장이 "국회의원 사무실 소파에 돈을 놔뒀다"고 했지만 사무실에 소파가 없다는 것이 드러났다. 그가 국회에 방문한 흔적은 CCTV에도 없었다. 어떤 언론도 이에 대해 주요하게 보도하지 않았다. 김재윤 전 의원은 출소 이후 "명예를 회복하겠다"며 정계 복귀도 노렸지만 성공하지 못하였다. 출소 이후에 우울증이 있었다고 하며 향년 56세의 나이로 생을 마감하였다.

진보 정치인은 죽어서야 진실이 밝혀진다. 그가 사망한 지 4개월이 지난 후, 2021년 10월 9일 방송된 KBS 〈시사직격〉 프로그램에서는 검찰에 의한 사건 조작 의혹을 제기하였다. 거꾸로 생각해 보면, 2014년은 박근혜 정부 때인데 왜 야당 의원에게 로비를 하였는지도 이해가 되지 않는다. 여당 의원들에게 어떤 작업을 하였는지는 취재도 되지 않았다.

이런 사건들을 보면서, 단지 민주 진보 진영의 정치인이 이러한 공격에 의해서 가스라이팅을 당하지 않았으면 하는 바램뿐이다.

보수 언론은 민주 진보 진영의 정치인과 그 가족을 공격하는 것으로 자신의 지면 내용을 채워 나간다. 이것은 전직 대통령에 대해서도 예외가 없다. 문재인 전 대통령에 대해서도 기본적인 예우도 없다. 언론은 이전 대통령의 부인에 대해 의혹으로만 가득찬 공격을 하는 것도 마다하지 않는다.

2022년 4월 문재인 대통령의 퇴임에 즈음하여 부인 김정숙 여사에 대한 보수 언론의 히스테리적 공격이다. 기존에 우리 국민이 여사에 대해 가지고 있던 이미지에 훼손을 주기 위해 여러 가지 말을 만들어 내었다.

그동안 우리 국민은 김정숙 여사에 대해 밝고 활달하며 검소한 이미지로 느끼고 있었다. 그런데 보수 언론은 여사가 입고 있던 옷이나 신발, 장신구, 타국에서 받은 선물 같은 것으로 여러 의혹을 만들어 냈다. 이제 퇴임을 준비하여 경남 양산 사저로 갈 준비를 하는 여사에 대해 이상한 방식으로 논란을 만들어 낸 것이다.

조선일보의 2022년 3월의 보도가 그것인데, 김정숙 여사가 청와대에 들어간 뒤 여러 물건 구입에서 현금을 지급한 것에 대해 집요하게 지적하였다. 별다른 내용은 없었다. 그냥 현금을 지급했다는 것이 기사의 모든 내용이다.

보도의 내용은 한복 6벌, 구두 15켤레 등을 구입하면서 이를 수백만원씩 전액 현금으로 지급했다고 한 것이다. 김 여사의 한복 구매에는 청와대 비서관이 동행했고, 그가 봉투에 든 현금을 전달했다는 것이다.

첫 번째 예로 든 것은 김 여사가 영부인이 된 직후 중요무형문화재 김해자 누비장인에게 한복을 산 것에 대한 것이다. 수행원 2명과 함께 경주 공방을 직접 찾아가 누비 2벌, 일반 치마 저고리와 두루마기 각 1벌씩을 구입하였다고 한다. 또 원단을 직접 가져와서 1벌을 맞춰 갔는데, 총 700만을 종이 봉투에 담긴 현금 결제를 하였다는 것이다.

두 번째는 김정숙 여사는 수제화를 살 때도 현금 결제를 하였다고 한다. 서울 성동구 JS슈즈디자인 연구소 전태수 대표도 김 여사가 문 정부 출범 이후 두 차례에 걸쳐 각각 구두 9켤레와 6켤레를 샀다고 하며 두 번 모두 결제는 현금이 담긴 봉투였다고 하였다.

청와대 관계자는 "여사의 사비를 현금으로 쓴 것"이라면서 "세금계산서까지 발행히도록 지시한 것으로 안다. 문제 될 것이 없다"고 하였다. 보도의 마지막에는 청와대 의전비서관으로 있던 탁현민씨의 설명과 김해자 누비장인의 말을 대비시켜 무엇인가 의혹이 있는 것처럼 묘사하였다. 이것이 전부이다.

동아일보 보도는 국민의힘 주장을 토대로 2018년 11월 김
정숙 여사 혼자 인도를 방문한 것을 문제 삼았다. 쓸데없는
국고가 낭비되었으며 일종의 관광 여행이었다고 비난하였다.
국민의힘은 3억 4천만원의 국고 손실과 직권남용이 있었다며
이를 고발한 것이다.

그러나 청와대는 인도 총리가 김정숙 여사를 공식 초청하
여 3박 4일 동안 방문하였다며 정상적인 외교 활동의 일환이
었다고 주장하였다. 절차적으로, 내용적으로 아무런 문제가
없는 외교 행위를 정쟁의 일환으로 삼고 있다고 설명하였다.

마지막으로는 김정숙 여사가 인도 방문시 착용하였던 브로
치가 2억이 넘는 명품 까르띠의 팬더 드 까르띠에 브로치이
며 가격이 2억 정도하는 것이라고 추측 보도하였다.

이에 대해 탁현민 전 청와대 의전비서관은 김 여사 브로치
는 한국 디자이너의 작품이며, 과거부터 가지고 있던 브로치
라고 하였다. 더 자세한 이야기를 덧붙였다. 그것은 인도 방
문시 인도가 호랑이를 존중한다는 이야기를 듣고 가지고 있
는 브로치 중 가장 가깝게 생긴 것을 착용하여 행사에 참여하
였다고 설명하였다. 그제서야 이러한 의혹 보도는 조금 잠잠
해졌다. 언론은 이렇게 근거도 없고, 사실과도 다른 나쁜 이

미지만 잔뜩 만들어 놓고 마지막으로 떠나는 김정숙 여사를 배웅하였다.

　나중에 시간이 지나 보니 다음 대통령 부인에 대한 비판에 대한 대비 차원으로 이렇게 한 것이 아닌가 싶다. 그들은 불경스럽게도 대통령 부인인 김건희 여사에 대한 비리나 부정 의혹을 미리 알고 있었던 것이 아닌가 의심된다.

　때로는 민주 진보 정치인 중에서 이러한 연출적인 방식의 정치 활동을 싫어하는 경향도 있었다. 과거 노무현 대통령은 2002년 대통령 집권 초기에 시장 방문과 같은 작위적인 통치 활동을 하지 않겠다고 선언하였다. 또한 문재인 대통령은 Covid-19 시기를 통과하면서 세계적으로 이 감염병에 대한 관리를 잘한 국가로 평가받았다. 그리고 2021년 1월 26일 한국에서는 이를 극복하기 위한 코로나 백신 예방 접종이 처음 시작되었다. 온 국민들이 고대하고 있었던 일이었으며, 나는 어떤 방식으로든 백신 접종의 축하 이벤트가 있기를 바랬다. 그러나 그런 이벤트 없이 조용히 접종이 시작되었다.

　정치적으로 이용했어야 한다는 뜻이 아니라, 접종을 집단적으로 독려해 빠르게 코로나를 극복하자고 하는 대중적인 추동의 의미로 그러한 이벤트가 필요하였다는 것이다. 그냥 대통령의 성격이 드러나는 부분이 아닌가 하였지만 약간의 아쉬움은 있었다.

그리고 노무현 대통령이 2002년 그러한 선언을 하였을 때, 나는 그 선언이 멋져 보이지 않았다. 굳이 선언까지 하면서 국민을 직접 대면하는 방식의 활동을 줄일 필요가 있었는가 하는 생각을 하였다.

그리고 민주 진보 진영에서 벌이는 대중 동원 집회를 보수 정치인들은 대부분 나쁜 '선전 선동'으로 몰아가기도 한다. 그들이 이야기하는 대표적인 단골 레퍼토리 하나가 2008년 이명박 대통령 취임 초기에 미국 쇠고기 수입에 대한 대규모 반대 시위이다.

2008년 4월 한국과 미국의 쇠고기 수입 검역 협상에서 한국이 30개월 이상의 고기 부분과 30개월 미만의 변종 크로이츠 펠트-야콥병(vCJD, Creutzfeldt-Jakob disease)을 일으킬 수 있는 특정 부위에 대한 수입을 허용한 사실이 알려졌다. 변종 CJD는 인간 광우병의 한 형태이나 그 임상 양상은 보통의 CJD와 조금 다르다. 광우병에 걸린 소에 의해 단백질 프리온을 섭취함으로서 병에 걸리게 된다. 30개월령을 초과한 쇠고기에서 주로 나타나서 대부분의 아시아 나라에서는 이를 기준으로 미국 쇠고기를 수입하고 있었다. 1986년 영국에서 처음 나타나서 200명 이상 사망자를 내었고 치료제가 없으며 젊은 연령에서도 빠르게 진행되어 사망에 이르게 되는 병이다.

한국의 당시 이명박 대통령은 어떤 사정이 있었는지, 과감히 30개월령이 넘는 미국 쇠고기를 수입하겠다고 하여 국민을 경악시켰다. 이 협상 결과로 당시 광우병 발생 국가였던 미국의 변종 CJD 질병이 한국에서 퍼질 수 있다는 위험이 알려졌다. 이에 대해 많은 국민이 재협상을 요구하는 시위를 하였다. 변종 CJD의 잠복기가 5년에서 20년 이상이 될 수 있다고 알려지면서 엄마들이 아이들의 유모차에 태우고 나와서 시위를 하는 모습도 볼 수 있었다. 이 문제는 많은 사람이 집회에 참여하면서 2008년 봄과 여름의 거리를 뜨겁게 달구면서 정부 정책에 대한 반대 열기를 이어 나갔다.

결과적으로 다른 대부분의 아시아 국기와 비슷하게 30개월 미만의 고기를 수입하고 뼈나 내장 위험 부위에 대한 수입을 금지하는 것으로 최종 협상을 하고 난 다음, 시위는 잦아들었다. 이명박 전 대통령은 이러한 과정에서 직접 대국민 담화를 발표하고 사과를 하기도 하였다.

내가 가지고 있던 의학 지식 내에서 2008년 미국 쇠고기 수입 검역 협상의 문제 제기는 정당해 보였다. 이에 대해 문제를 제기하고 재협상으로 비교적 나은 결론으로 이끌어낸 것도 모두 합리적이고 당연한 결과이었다. 이러한 국민의 행동을 진보 정치 진영의 히스테리적 선동으로 해석하고, 16년이 지난 현재까지 거론하는 것은 정당하지 못하다.

현재는 민주 진보적인 정치 집단에서 어려운 상황에서도 어떤 사안이나 사건에 대해서 적절한 방식의 사실 전달, 필요할 때는 연출적 방식의 행동을 잘하고 있다고 생각된다. 그러나 이것을 알릴 언론의 환경은 너무 열악하여 여러 대안적인 방법들을 끊임없이 모색해야 할 것이다.

(2) 한국의 보수 정치

한국의 보수 정치는 전통적으로 언론에 의해 압도적인 지원을 받아 권력을 쟁취, 유지해 왔다. 기울어진 운동장의 상층부에서 국민 여론을 마음대로 조종하려 한다. 보수 정치인들은 정치적인 논쟁의 프레임도 쉽게 만들거나 왜곡시킬 수 있다. 보수 정치인은 언론을 통하여 많은 이득을 얻고 있다.

특히 최근의 보수 정치인은, 전부는 아니지만 이렇게 압도적으로 기울어져 있는 언론 환경에서 너무 나태하고 오만한 방식의 정치를 하고 있다는 생각이 든다. 언론이 편을 들어 주니 히스테리적 방식의 정치 활동은 기본 사양으로 장착되어 있다.

언론이 보수 정치인에 대해 어떻게 편을 들어주는지는 21대 부산 수영구 국회의원이었던 전봉민 의원의 예를 보면 잘 알 수 있다. 언론의 보도 행태에 히스테리적 정치 활동의 요소가 숨어 있다. 부패 혐의가 있을 때 '탈당쇼'를 벌이는 것과 사건의 무마, 조용한 복당이 그것이다.

전봉민 의원은 이진건설 회장인 전광수 회장의 장남이다. 우연히 2020년 12월 20일 MBC 〈탐사기획 스트레이트〉를 보았는데 전봉민 전 의원의 아버지의 행동이 재미가 있어서 아직 기억하고 있다.

원래 MBC 〈탐사기획 스트레이트〉는 21대 국회에서 초선 의원으로는 최고 부자로 900억이 넘는 재산을 신고한 전봉민 전 의원에 대해 취재하고 있었다. 어떤 능력으로 비교적 젊은 나이에 그 많은 재산을 축적할 수 있었는지 그 과정을 취재하고 있었던 것이다.

2008년 전봉민 의원은 두 동생들과 함께 동수토건라는 건설회사를 설립했는데 2013년부터 매출이 급성장 258억을 기록하였다. 그리고 이 매출 모두가 아버지 회사인 이진종합건설에서 하청받은 공사 매출이었고, 2014년 매출 506억 중에도 대부분이 아버지 회사로부터 받은 도급 공사로 받은 것이다. 아버지 회사에서 아들의 회사에 2년간 일감 몰아주기를 해 준 것이 발견된 것이었다.

일감 몰아주는 불공정거래 행위로 공정거래법 위반으로 과징금이나 과태료의 벌금을 받아야 한다. 그리고 이렇게 자녀의 회사에 일감 몰아주기를 하면 탈세에 해당하게 되며, 얻은 이익에 대해 증여세를 내야 한다. 그리고 전봉민은 정치에 뛰어든 이후에는 아버지 회사인 이진종합건설에게 특혜를 주었다는 사실도 드러났다.

더군다나 아버지가 이 사건을 취재 중이던 기자에게 돈 주고 기사를 무마하려는 정황이 MBC 〈탐사기획 스트레이트〉 프로그램에 말과 행동이 찍혀서 방송이 되었다. 일이 더 커졌다. 전봉민 전 의원의 부친은 이를 취재하려는 MBC 〈스트레이트〉 제작진에게 "3천만원을 갖고 오겠다", "나와 인연을 맺

으면 끝까지 간다"라는 말을 하며 방송을 무마하려 했다. 그
런데 이 장면은 그대로 방송을 탔고, 취재 기자가 이를 거절
하는 장면이 나왔다. MBC는 해당 회차의 방송이 나간 후 청
탁금지법 위반 건으로 전광수씨에 대한 고소를 진행하였다.

결국 전봉민 전 의원은 2020년 12월 21일 국민의힘을 탈당
했다. 다만 위에서 언급한 의혹들에 관련해서는 절차에 따라
관련 세금을 모두 납부했다고 주장했다.

그런데 이러한 사건이 있은 후 2021년 2월 7일, 〈스트레이
트〉에선 전봉민이 탈당 후에도 도의적인 책임을 지는 것이
아니라 문서를 파쇄하는 등의 증거인멸을 진행하고 있는 점,
정계 유력 인사들과 관계를 유지하려고 하고 있다는 점을 폭
로하였다.

이러한 여러 사건이나 논란에도 불구하고 전봉민 전 의원
은 정치를 포기하지 않았다. 실제 2021년 12월 2일 국민의힘
에 다시 복당하였고, 2024년 22대 국회이원 총선에서노 다시
수영구 국회의원 후보로 지원했지만 후보가 되지 못하고 국
민의힘 수영구 국회의원이 된 정연욱씨를 도왔다.

그리고 경찰은 2021년 부산경실련 등 시민단체가 전봉민씨
를 상대로 제기한 공직자윤리법과 부패방지법 위반 등에 대

해 '혐의 없음'의 결정을 내렸고, 공정거래위원회도 올 5월 이 진종합건설의 부당지원행위에 대해 '무혐의'로 결정했다. 전 봉민 전 의원 관련 의혹들이 많았음에도 불구하고 경찰, 검찰 조사 끝에 모두 무혐의로 결론 나서 재판도 받지 않았다.

국민의힘 소속 국회의원 비리 사건의 전형적인 경로를 밟았다. 처음에는 문제가 되었다가 시간이 지나 관심에서 멀어지면 다시 복당을 하고 경찰이나 검찰 등의 권력 기관에서는 아무 일이 없었다는 듯이 법률적인 부분에 대해 해결이 된다.

이러한 과정은 2020년 국민의힘 박덕흠 의원도 비슷한 경로를 밟았다. 그는 국토교통위원회 간사로 있으면 자신의 가족 회사에 이득을 준 것으로 의심되었다. 똑같이 탈당과 복당을 거쳤는데 이번 2024년 총선에서 22대 국회의원까지 되었다. 우리 사회의 기득권의 카르텔에서 진행되는 이러한 과정을 잘 이해하기가 힘들다.

이 두 사건에서 똑같이 탈당쇼를 보여 주고 나중에 조용히 복당을 하였다. 이 전 과정은 이미 짜여진 각본처럼 움직인다. 그리고 이들이 이후에도 버젓이 정치를 할 수 있는 것도 언론과 권력 기관들의 도움이 없으면 가능하지 않다. 이러한 사건들에 언론은 너무나 조용하고 관대하다. 마치 자식을 돌보는 심경으로 이러한 문제 국회의원의 삶을 보살핀다. 권력 기관도 이러한 보수 정치인에 대해서는 매우 과묵한 태도로 일관한다. 이처럼 증상이나 문제가 있을 때 아무 말을 하지 않고 지켜 보는 것을 정신치료의 지지적 요법에서는 '억제(contain)'라는 단어를 쓴다. 이 말 자체는 중립적이지만, 증상이 불법적인 내용과 관련이 있다면 의미는 달라진다.

법에 대해서 잘 모르지만 깊숙이 조사하면 재판을 받고 벌을 받아야 할 일이었을 것이다. 그렇게 추측한다. 그런 의미에서 '반사회적'이라는 말이 더 적당하다. 때로 B군 성격장애의 양상은 서로 섞여서 나타나는 경우가 많이 있다. 그런데 언론과 권력 기관의 침묵과 관대함은 왜 보수 정치인에 대해서만 해당이 되는가?

만일 이 정도의 사건들이 민주당 의원에게 있었다면, 그는 복당은 커녕 정치 자체를 할 수 없도록 언론의 비난을 받았을 것이다. 이들에게는 언론과 권력 기관의 침묵과 관대함이 적용되지 않는다.

2023년 눈에 띄었던 것은 원희룡 전 국토교통부 장관의 서울-양평 고속도로 노선 변경 시도 사건이다. 서울-양평 고속도로는 2008년부터 10여 년 동안 논의가 되었다. 2021년 하남시 감일동을 시점으로, 종점을 양평군 양서면으로 하여 약 1조 7천억 정도의 비용으로 건설이 결정되었다. 그런데 2023년 5월 국토교통부는 그 고속도로의 종점을 양평군 양서면에서 강상면으로 바꾸면서 논란이 되었다. 이곳은 대통령 부인 김건희 여사 집안의 땅이 있는 곳으로 알려지면서 권력형 비리 의혹으로 문제가 되었다.

이후 전 국민의 관심사가 되었고, 원희룡 장관이 제시한 대안 노선이 별로 설득력을 얻지 못하였다. 이것이 이슈의 중심이 되었을 때 신문에서 그 두 가지 안의 지도를 본 적이 있었다. 직관적으로 보아도 이 종점의 갑작스러운 변경은 그다지 이해가 되지 않았다. 비용도 더 많이 든다고 한다. 설득이 잘 되지 않았다. 2023년 7월 6일 원희룡 장관은 15년 동안 논의된 서울-양평 고속도로에 대해서 갑자기 전면 백지화를 선언하였다. 그 이유로 든 것은 민주당이 허위 선동을 하여서 사업을 진행할 수 없다는 것이었다.

요즈음은 국가 비용이 드는 정책은 투명하고 정직하게 진행해야 한다. 이 과정에서 내용을 감추고 왜곡하는 과정을 본 나는 원희룡 장관이 이 논란에서 탈출하는 과정이 흥미로웠다. 자신을 비방하는 민주당에 대해 화가 나서 이 사업을 진행할 수 없다는 것이다. 민주당 정치인에게 사과를 요구까지 하는 모습을 보였다. 새로운 노선에 자신이 있다면 적극적으로 설명하고 국민을 설득했어야 한다. 이렇게 논리적으로 설명이 안 될 때는 감정적인 방식을 사용할 수밖에 없다. 그는 국토부 장관을 그만 둠으로서 이러한 논란에서 빠져 나왔으나, 정치인으로서 그 후유증은 만만치 않을 것 같다.

2024년 4월 MBC 〈백분토론〉은 보수와 진보 패널을 초청하여 총선에 대한 예측과 전망을 들어 보는 시간을 마련하였다. 이중 4월 10일 총선에 대한 국민의 감정에 대해 의견을 듣는 시간이 있었는데, 이를 그대로 한 번 들어 보는 것은 재미있고 보수 패널의 이야기는 내가 생각한 것과 한 치도 어긋나지 않아서 한 번 여기 옮겨 본다.

보수 패널의 이야기에서 민주적이고 합리적인 생각을 가진 시민들과 감정적인 면에서 어떤 차이가 있는지 알 수 있다. 보수 입장의 패널로 나온 것이라 이러한 감정을 보편적인 것으로 주장할 수도 있다. 그래도 나는 이러한 이야기를 버젓이 할 수 있다는 자체가 놀라웠다.

이에 대해서는 먼저 말 그대로의 토론 내용을 들어 보자

<방송>

선택 2024 당신의 마음은? (MBC 백분토론 2024-04-02)

사회자: MBC 패널 조사를 할 때 흥미로운 부분을 한 번 좀 살펴볼 텐데요. 국회의원 선거를 생각할 때 떠오르는 감정이 무엇인지 질문을 했습니다. 분노가 30%로 가장 높게 나타났습니다. 그 다음이 혼란스러움인데요. 20%가 나왔습니다. 특별한 감정이 없다고 답한 부분도 20%가 되었습니다. 기대가 10%, 혐오 감정을 이야기한 사람도 10%가 되었습니다…. 자 이런 감정들에 대해서는 어떤 생각들이 드시는지 그리고 본인은 또 어떤 감정과 연계되는지, 아까 보수 패널께서는 감정을 좀 배제했다고 말씀하셨는데, 한 번 들어 보죠

보수 패널: 아니 감정이 현실이죠. 선거는 감정에 의해서 엄청나게 좌우되는 것이고, 제가 느끼는 첫 번째 감정은 저는 충격이예요. 충격. 윤석열 정권 뭐 잘한 것도 있고 잘못한 것도 있지만 그런 선거를 떠나서 도덕 정신, 도덕 수준이라는 것은 한국 사회의 불변의 가치인데, 조국 신당이 저런 식이 충격적인 돌풍을 일으킨다는 것은 우리 사회에서 도덕이 어느 구석에 가 있는 건지, 저는 상당 부

분 추락을 했다고 봐요⋯. 상당히 우선 사회가 살아나가는 것이 찌증이 나는 것이 많다는 것, 그리고 누구도 부인할 수 없듯이 인간 사회에는 권력에 대한 질투와 질시가 있는 거예요. 김건희 여사에 대한 질투, 권력을 가진 윤석열 대통령 부부에 대한 질투, 윤석열 부부는 권력도 가졌고 재산도 많고 또 어려움이 없이 살아 온 부부인 것 같다. 뭐 이런 것에 대한 많은 사람들의 질투와 질시, 이런 것들이 인간 사회에 깔려 있는 것이지. 그럼에도 불구하고 조국 현상이라고 하는 것은 지나치게 정도 심각한 충격이다. 이것이 제가 느끼는 감정입니다.

사회자: 네 그러면 답을 해 주신 감정들과 결이 같이 가는 것 같습니까? 어떻습니까?

보수 패널: 분노와 혼란의 중간 정도, 분노가 30%, 혼란이 두 번째 인데 저는 원래 혼란이었는데, 이제 혼란을 뛰어넘어서 이제 충격, 근데 제가 이해하는 분노를 느끼는 사람들이 신전읍 이에는 하되 동의를 할 수는 없다.

사회자: 현 정부에 대한 분노는 하되 동의는 할 수 없고, 느끼시는 감정은 혼란스러움을 넘어 충격 쪽에 가깝다. 네 진보 패널께서는요?

진보 패널: 그러니까 우리가 토론을 해 보면 우리가 진짜 다 달라요. 다 다른 사람들이예요. 저 지표는 특별히 도덕적인 지표로 쓸 수 없는 지금 상황을 보면 사람들이 어떤 감정을 느끼는지를 보여주는 거죠. 저 세부 데이터를 뜯어 봐야 저 분노가 누구를 향한 분노인지, 무엇에 대한 분노인지 알 수 있지만, 대개 우리가 직관적으로 짐작하는 것과 다르지 않아요. 저 분노는 정부에 대한 분노가 많구요. 세부 데이터를 보면요. 혐오는 야당과 이재명 대표에 대한 것이 많아요. 지금 윤정권이 들어서고 난 다음에 정부를 지지하는 유권자들과 정부를 비판하는 유권자들이 감정적으로도 굉장히 이격되어 있다는 겁니다. 적대적으로 되어 있구요. 그게 모든 것이 다 대통령의 책임은 아니지만, 그런데 지난 번 토론 때 여당의 제일 큰 리스크가 뭐냐? 제가 비대위원장 리스크라고 그랬습니다. 악플러처럼 행동하고 있다고. 자기가 법무장관 하고 지금 대통령이 검찰총장할 때, 조국 가족을 털었잖아요. 완전히 네 명의 가족을 다. 그 사람들이 잘못이 없다. 법적으로 문제가 없다. 이런 뜻이 아니고 그렇게 털려면 정말 공정을 쓰려면 다 털어라 문제되는 사람을. 그런데 너의 가족은 안 털고 저 가족만 털어서 그걸로 공정의 수호신인 양 위장해 가지고 대통령 자리까지 갔지 않느냐? 대통령까지 가서 너희들이 가진 칼은 너희들이 싫어하는 사람에게만 쓰

고 있고, 너희들이 아끼는 사람, 너네 편한테는 정말 솜털처럼 하고 있다. 이 이야기예요. 이 분노가….

이 토론을 본 사람은 알다시피, 보수 패널은 중앙일보 전 논설위원 김진이었고 진보 패널은 유시민 작가였다. 토론에서 청년 비하 발언이 있고 논란이 있었으나 내가 보기에 토론의 압권은 김진 위원이 대통령 부부를 옹호하기 위한 발언이었다. 김진 위원은 2024년 4월 총선에서 윤석열 대통령과 부인에 대한 분노 감정이 국민이 그들에게 가지고 있는 시기와 질투심 때문에 비롯된 것이라고 멋지게 일갈하였다. 그들이 돈이 많고 권력이 있기 때문이라는 것이다.

예측이 되고 기대까지 한 말이었기 때문에 나는 헛웃음마저 나왔다. 우리 국민의 절반 이상이 윤석열 대통령과 부인이 가지고 있는 권력과 부에 대한 시기와 질투심에서 선거에서 심판하려고 한다는 것이다. 현재 대통령 내외를 옹호할 수 있는 감정적인 언어는 우리말에서 찾을 수가 없다. 이 부부를 반대하는 감정적인 언어는 국민의 시기와 질투심이 아니라 그냥 분노이다. 유시민 작가는 그 분노를 공평하게 권력을 사용하지 않는 것에 대한 것이라고 추가 설명하였다.

나에게 위의 토론에서처럼 총선에 대한 감정을 물었다면 '혐오'라는 감정으로 대답하였을 것이다. 정확히는 혐오와 역겨움의 감정 중간쯤 된다. 현재와 같이 언론과 검찰에 의해 국민을 조종, 조작하여 통제하려는 정부에 대한 감정은, 과거 폭력을 민낯으로 사용하였던 군부 독재에 대항해서 가졌던 국민의 감정과 다르다. 군부 독재에 대해 가질 수 있는 감정이 분노나 두려움 같은 것이었다면, 윤석열 정부에게는 국민은 역겨움과 같은 감정을 느낀다. 평소 일상생활을 영위하는 국민의 취향과는 다른 이질적인 감정과 생각을 국민의 위장 속으로 집어넣으려 하기 때문이다.

MBC가 이 〈백분토론〉을 준비하면서, 이런 식의 토론 꼭지와 유권자 감정 파악 내용을 포함시킨 것은 아주 잘한 것 같다. 제작진이 가지고 있는 그 시기 민심에 대한 예민한 촉이 느껴진다.

히스테리적 감정은 단지 과도한 감정적인 상황에서 나타나는 것은 아니다. 이처럼 이성적인 토론 중에도 나올 수 있다. 위와 같이 일반적인 사람들이 가지지 않는 독특한 이상 감정으로 나타날 수 있다. 이러한 이상 감정은 히스테리적 성향을 가진 사람들이 자신을 쉽게 설명하는 방식이기도 하다.

위에서 김진 전 논설위원이 히스테리적 성격 성향을 가지고 있다고 이야기하는 것은 아니다. 보수 패널로서 토론에서 위치가 있었기 때문에 쥐어짜듯이 이러한 감정 언어를 동원한 논리를 개발해 낸 것으로 이해한다.

(3) 대통령과 부인

윤석열 정부가 집권하기 전부터 이 정부가 어떻게 나라를 이끌어 갈 것인가에 대한 관심은 별로 없었다. 왜냐하면 대통령 후보 시절에 특별히 자신의 정책이라고 강조해서 국민에게 이야기한 것이 없었기 때문이다. 그러나 대통령 집무실의 갑작스러운 이전과 이후에 일어난 많은 사건은 정치에 다시 관심을 가질 수밖에 없게 만들었다.

현 윤석열 정부는 하나의 언어로 규정하지 못할 정도로 수십 년 동안 이어진 한국 정치권의 행태와는 다른 모습을 보였다. 긍정적인 의미는 아니다. 또한 초부자 감세, 이해하지 못할 친일 행동 등 여러 가지로 국민이 납득하기 어려운 정책을 실행하고 있다. 외교에서도 냉전 시대로 회귀를 의미하는 중국과 러시아에 대한 적대적 정책은 보수, 진보 지식인 할 것

없이 비판하는 점이다. 이러한 여러 가지 정책과 모습을 보여 준 윤석열 정부를 어떤 하나로 정권의 성격으로 규정하기가 힘들게 한다. 게다가 무속인이 자꾸 개입하여 국정에 영향을 주는 듯한 모습은 현 시대 정치 평론가 분석의 한계를 뛰어넘는다.

그래도 나는 책의 맥락 속에서 현 정부의 극장사회적인 성격이 보이는 면을 서술해 보고자 한다.

초기에 기억이 나는 것은, 용산 집무실로 옮기고 난 다음, 대통령과 부인에 대한 사진을 신문에 유포하는 것이었다. 그 이미지는 대통령과 부인의 애정과 친밀함, 두 사람의 일상에서 행복한 모습, 강아지에 대한 사랑 등이 표현되어 있었다.

어떤 국민도 두 사람이 서로 사랑하고 행복한 것에 대해서는 의심이 없고 관심을 가지지 않는다. 그런데도 '우리는 행복해요'라는 메시지는 계속되었다. 코로나 이후 경기가 회복되지 않아 힘들어하는 국민의 삶과 괴리되는 사진 유포 행위는 오래 지속되었다. 정부 출범 초기부터 국민들의 정서와 어긋나는 느낌이 있었다. 현재는 이러한 사진은 대통령실을 홍보하는 온라인 사이트로 옮겨졌다고 한다.

이후 대통령이 갑작스러운 폭우로 사망자가 발생한 신림동의 반지하방을 방문하였을 때의 모습과 말, 2022년 10월 29일 있었던 이태원 참사에 대한 참배와 진상 규명 과정, 2024년 4월 서천 시장 화재 때의 그는 이렇게 국민들이 어려움을 겪는 과정에서, 재난을 당한 사람들에 대한 위로와 공감의 모습을 보여 주지 못했다. 진심이 느껴지지 않으니까 단지 연출 사진을 찍기 위한 방문쇼로 생각되고 국민들은 실망하게 되었다.

다음은 2022년 5월 18일 국민의힘 의원 전원을 데리고 5.18 광주민주화운동 기념식에 화끈하게 참석한 것이다. 이 자리에 그가 연설한 내용은 조금 특이해서 아직도 기억이 나는데 5.18 광주민주화운동이 자유민주주의를 지키기 위한 시민들의 항쟁이었다는 것이다. 뭔가 핵심이 어긋나 있었다. 보통 자유민주주의라는 말은 공산주의라는 말에 대항해서 사용하는 말이며, 광주 민주화운동은 민주주의를 찾기 위해 독재에 항거한 운동이라고 규정되어 있는 것으로 알고 있다. 대통령에 의하면 광주 민주화운동은 전두환 공산주의에 대해 항거한 투쟁이 되어 버린다. 이때는 그냥 자유를 강조하기 위해 말을 교묘히 비튼 것이라고 생각했는데, 나중에 대통령이 쓴 이 말이 이념적인 의미를 가지고 준비한 것임을 알게 되었다.

이후 전 세계로 외교 순방을 다니면서 자유에 대한 강조와 민주 체제의 우수성을 설파하면서 윤석열 정부의 이념을 확정 짓는 과정을 거치었다. 그런데 아무도 이에 대해 중요하게 의미를 두고 관심을 가지지 않는다.

2024년 1월부터는 '민생경제점검회의'라는 것이 갑자기 기획되어 4월 총선 전까지 24차례를 시행하였다. 총선 개입이라는 비판을 하였으나, 이와 아랑곳하지 않고 전국을 다니면서 공약을 발표하듯이 민생 경제와 투자 계획을 발표하였다.
야당에 의하면, 전체 24회의 민생 경제 점검 회의를 하면서 나온 투자 계획은 약 1000조원이 든다고 하며 그의 정책을 평가 절하하였다. 선거철마다 나오는 선심성 정책으로 현재 적자 재정을 운용하고 있는 경제 사정에도 맞지 않는 정책이었다. 바로 수개월 전 건전재정정책을 펴나가겠다는 기조와도 정반대로 이야기하였다. 아무도 관심이 없는 회의가 되었다. 그냥 민생 경제를 점검하는 척하는 쇼를 한 것이다. 이런 행동이 자꾸 반복되면 이것은 그냥 연극이 된다. 그것도 누구나도 아는 정말로 재미없는 연극이 되어 버린다.

사실 이것은 윤석열이 대통령 후보 시절 부인인 김건희 여사가 자신의 '허위 경력'에 대한 사과를 할 때부터 예측이 되는 것이었다. 대통령 후보자 시절인 2021년 12월 26일 있었던 사과 기자 회견에서 허위 경력에 대한 사과보다는 두 사람의 연애담으로 채워져 있어 사람들을 의아하게 만들었다. 이때 잠시 유행했던 말은 '자신이 돋보이고 싶어서' 거짓말을 했다고 한 것이다. 이 정도이었으면 좋았을 텐데, 이후의 대통령 부인의 행보는 국민을 허탈하게 하고 실망시키는 일이 많았다.

대통령의 부인이 된 이후에는 외국 순방 사진이나 짧은 쇼트컷 (shortcut)로 뉴스에 나오는 여사를 볼 수 있었다. 이렇게 할 수밖에 없는 이유가 짐작되나 여기서 설명하기는 힘들다. 아, 여기서 실수를 먼저 하나 하는데 대통령의 캄보디아 순방에 동행하면서 '가난한 아이를 안고 있는' 사진을 찍은 것이다. 사진에서 조명의 빛이 비치면서 굳이 이러한 사진을 찍은 것에 대해 비난이 있었다. 마치 얼굴만 가리면 그 모습은 수 십년 전 오드리 헵번 배우가 아프리카에서 아이를 안고 찍은 것과 비슷하게 보였다.

민주당의 장경태 의원은 '빈곤 포르노'를 재연하였다고 하며 이러한 연출을 한 것에 대해 비판하였다. 대통령실에서는 즉각 이에 대해 해명하였다. 그러나 나는 장경태 의원의 의견에 한 표를 던진다. 왜 이런 것을 따라 하고, 폼을 잡고 싶은 것인지 이해가 되지 않는다.

두 번째 실수를 한 번 하게 되는데, 그것은 에코백 안에 명품백으로 보이는 물건이 보이게 한 것이었다. 세 번째 실수는 한 유튜브에서 공개된, 뇌물로 의심이 되는 300만원짜리 디올 클러치 백을 받은 사건이다.

이 명품 뇌물 수수 사건은 그녀 삶의 본질과 민낯이 너무나 드러나는 사건이라 국민적 공분을 샀다. 전 세계적인 스캔들이 되고 말았다. 2024년 2월 2일 뉴욕타임스는 1면에 사진과 더불어 이 사건을 보도하면서, 한국 정치권에 위기를 불러일으키고 있다고 평가하였다. 로이터와 AFP 통신사와 영국의 BBC 방송, 가디언(Guardian)지와 모두 이에 대해 보도하였다. 왜 자꾸 이렇게 하는지는 짐작은 되나 이 또한 여기서 설명하기는 힘들다.

현재 지식인 사회와 야당, 시민단체 등에서 윤석열 정부의 성격을 검찰 독재나 기득권 정치, 친일 정권 등으로 표현하는 여러 평가가 있다. 나는 책의 내용적 연장선에서 '연극 정치'라는 말을 하나 덧붙이고 싶다.

제10장

히스테리적이지 않은
언론과 사회를 위한 제언

"좋은 일은 쉽게 이루어지지 않는다."

- 탈무드 -

히스테리적이지 않은 언론과 사회를 위한 제언

히스테리적이지 않은 언론과 사회를 생각하면, 이것을 독자적인 어떤 방식으로 해 나가는 것은 불가능하다. 전체적인 언론 개혁의 틀 안에서 대안을 마련하는 것이 필요하다. 히스테리 언론 보도의 문제는, 언론의 다른 문제들로부터 독자적으로 존재하지 않기 때문이다.

일단 신문과 방송, 포털 사이트 문제에 대한 대안을 생각하면서, 이에 영향을 받는 한국 사회와 조직, 일상 생활의 문제를 다루어 본다.

21대 국회에서 한국 언론개혁의 일환으로 가짜뉴스에 대한 징벌적 손해 배상제 도입, 국민에게 언론 바우처를 주어서 양질의 언론 선택권을 주자는 법안이 제안되었다. 좋은 제안이긴 하나 소규모의 대안 언론이나 진보 매체는 뉴스 하나로 회사 존립에 영향을 줄 수 있다는 문제 등으로 그 입법이 무산되었다.

2022년 12월 23일 노무현재단에서는 특별도론회 〈이루지 못한 꿈, 언론개혁 -언론은 시민권력인가〉을 개최하여 점점 보도 편향이 심해지고 있는 언론의 문제에 대해 다룬 적이 있다. 진보적인 패널들이 나와서 한국 기성 언론의 자본 의존성을 설명하고 전통적인 저널리즘 가치를 잃어버렸다는 지적을 하였다. 더 나아가 20세기에 이루어 낸 언론 저널리즘의 대의가 종식되지 않았나 하는 문제제기까지 하였다. 그 결론으로 전통적인 종이 신문과 방송을 포기하고, 뉴미디어에서 저널리즘의 가치와 의미를 찾아야 한다고 제안하였다.

위의 두 가지 노력은 현재의 언론 개혁이 그 중요한 대의에도 불구하고, 자본과 권력의 힘이 개입하고 이해당사자가 많기 때문에, 이의 해결에 어려움을 보여 준다. 또한 신문과 방송이 거짓 뉴스, 히스테리성 뉴스를 보도하더라도, 나중에 '언론의 자유'라는 방식으로 빠져나간다.

앞에서 결과를 이야기하지 않았지만, 추측과 바램에 기반한 뉴스 사례의 주인공이었던 강기정 전 정무수석은 뇌물을 받았다는 보도를 한 조선일보 및 소속 기자 3명을 상대로 명예 훼손죄로 고소하였다. 그 소송은 대법원까지 가서 무죄 판결을 받았다.

언론의 개혁을 논하다 보면 언론의 자유라는 커다란 벽과도 마주치게 된다. 언론의 자유와 건강한 저널리즘, 두 개를 모두 이루어 내는 길은 쉽지 않은 것 같다.

나는 이와 같은 한국 언론의 위기에 대해 신문과 방송, 그것을 포털 사이트에서 소비하는 독자의 입장에서 현재 언론에 총론적인 대안을 간단히 제시해 보고자 한다. 이를 위해 나름 취재도 하였다는 것을 덧붙인다.

(1) 신문과 방송

많은 사람이 한국 신문 산업의 미래를 걱정하지만 문제 해결 방법은 쉽지 않아 보인다. 포털 사이트를 통한 뉴스와 정보의 유통이라는 경로 의존성(path-dependent)에 이미 올라타 버린 한국의 신문과 독자들의 행동 양식을 바꾸는 것은 매우 어려워 보인다. 여기서 논하고 있는 히스테리 언론 보도 행태도 이러한 정보 유통 방식에 적응한 하나의 결과이다.

이를 해결하기 위해서는 우리는 다른 식의 전략이 필요하지 않나 생각한다. 그것의 핵심은 평가와 보상이다. 이에 대해서 뒤에서 한 번 아이디어를 제시해본다.

현재 기존의 언론과 더불어 언론으로서 기능을 표방하는 신문이나 방송이 많이 늘어났다. 특히 인터넷이 발전하면서 민간에서 운영되는 소규모 언론사가 많아졌다. 모두 공적 저널리즘의 가치를 추구하고 있다고 주장한다.

그러나 실제로는 언론사의 이익에 맞는 뉴스 생산 활동을 하고 있다. 하나의 작은 기업처럼 행동하는 것이다.

현재의 뉴스 소비자는 이러한 전제 아래 신문을 보아야 한다. 모두 편하게 뉴스와 정보를 볼 수 없으며, 머리 속에 필터를 하나씩 장착해야 하는 것이다.

그래도 공적 저널리즘의 가치를 유지하려고 노력하고 성공을 한 기업이 있어 그 내용을 소개한다. 미국 〈뉴욕타임스 (NYT, The New York Times)〉는 많은 사람들이 알고 있듯이 종이 신문에서 온라인 시대에 성공적으로 적응한 저널리즘 모델로 알려져 있다. 2010년대를 거치면서 종이 신분으로 더 이상 뉴스를 소비하지 않는 사회적 분위기에서 뉴욕타임스는 2010년대부터 온라인 환경에 적응하는 신문으로 혁신을 시도하였다. 2000년 종이 신문 기준으로 광고에서 70%, 구독료에서 25% 정도였던 수익 구조를, 2020년 기준으로 광고

17%, 구독료 73%로 바꾸는 데에 성공했다. 2022년 1000만의 유료 구독자가 있는 상태로 전 세계 저널리즘의 최고의 영향력과 공신력을 가지게 되었다.

이에 대해서는 2021년 『뉴욕타임스의 디지털 혁명』이라는 번역서에 나와 있지만, 자세히 설명하기는 힘들 것 같다. 다만 디지털 퍼스트, 직접 취재와 탐사 보도, 수준 높은 칼럼 유지, 온라인 기사 유료화에 두 번의 실패와 세 번째 성공 과정은 현재 한국 신문 회사의 위기에 많은 시사점을 줄 수 있다

한국에서는 조선일보나 한겨레신문 정도는 이러한 온라인 위주의 신문으로 전환이 가능하지 않았을까 하는 생각이 들었다. 과거의 두 신문은 구독자의 열독율이나 충성도가 매우 높았다. 자신의 정체성을 유지하면서 뉴욕타임스와 같은 커다란 혁신이 가능하지 않았을까 생각한다. 무수한 경제전문지나 소규모 언론사는 아직 갈 길이 멀다. 다들 포털 사이트에 기생해 살면서 한국의 언론의 수준이 점점 떨어지고 있는 것이 마음이 아플 뿐이다. 이제 그 신문 산업과 보도의 질 향상을 위한 대안을 생각해 보자.

우선 주요 신문사와 경제지, 온라인 위주의 소규모 신문사

들이 포털 사이트의 좁은 공간에서 서로 경쟁하는 구조가 바뀌어야 한다. 현재 포털 사이트의 독과점 구조가 개선 되어야 하며, 언론 보도의 공적인 기능을 회복하여야 한다. 현재 많은 뉴스와 정보가 주요 포털 사이트에 떠 있으나 실제로 의미 있는 내용은 거의 없다. 그러나 일단 언론 보도가 포털 사이트에서 유통되는 현재의 시스템이 유지된다는 전제 하에 그 개혁 방안을 한 번 생각해 본다.

현재 조건에서 두 가지 단계를 거치는 것이 필요할 것 같다. 첫 번째는 신문사의 규모와 지속가능성에 평가를 통하여 포털 사이트에 글을 올릴 수 있는 자격을 평가하는 것이다. 종합지, 경제지, 연예지, 온라인 신문 등 무수한 신문사에서 참여할 선수를 뽑는 것이다.

두 번째는 등재 가능한 자격을 얻은 신문사에 대한 질적인 평가이다. 각 신문이 그동안 생산해 온 뉴스와 정보의 내용을 보면서 공공성에 대한 평가를 하는 것이다. 그 내용은 진실 보도, 심층 탐사 등와 같은 것이 될 수 있으며, 편향적인 뉴스나 가짜뉴스, 히스테리 뉴스와 같은 부분은 부정적인 평가 요인이 될 것이다.

언론의 히스테리적 보도라는 개념이 보편적으로 받아들여

진다면 이에 대한 연구와 함께 객관적 평가 기준을 마련할 수 있지 않을까 생각한다. 각각의 신문 보도 내용의 히스테리성에 대한 지표(index)와 점수(score)를 개발, 측정하는 것이다. 물론 지나치게 편향적인 보도를 하는 뉴스나 가짜뉴스 같은 것은 따로 그 평가 방법을 연구하여 그 지표와 점수를 측정할 수 있다.

현재는 민간 포털 사이트에서 자의적이며 주관적으로 이러한 역할을 한다고 알고 있다. 이를 공적인 영역으로 올리기 위한 노력이 필요하다. 이를 위해 정부의 재정적 지원이나 언론 관련 단체의 역할이 중요할 것이다.

우리의 공영방송도 마찬가지이다. 정부가 바뀔 때마다 그 보도의 객관성과 신뢰성, 편향성의 문제가 있었다. 이를 극복하기 위한 21대 국회에서 제안된 공영방송 3법을 간단히 소개해 본다.

새로운 방송 3법의 핵심은 KBS, MBC, EBS의 이사회 구성과 사장 선임 과정을 바꾸는 것이다. 위의 현재 제도를 바꾸기 위해 다음과 같은 내용을 담고 있다.

첫 번째로 각 공영방송의 이사회의 이사 수를 21명으로 늘린다. 두 번째는 이사 추천 권한을 방송, 미디어 관련 학회와 시청자위원회 등 외부로 확대한다. 세 번째는 사장 후보자를 일반 시민이 추천하는 '사장 후보 국민추천위원회'를 신설한다.

이들 개정안의 목적은 공영방송의 이사회 구성 과정에서 행정부와 국회의 영향력을 축소하는 대신 시민사회와 학계 등 외부 영향력을 확대하는 것이다.

공영방송이 독립적이고 공정하게 운영되어 그 구성원들이 자유롭게 취재 활동과 깊이 있는 탐사 보도를 하는 체계를 갖추는 것은 기본이 되어야 한다. 이러한 바탕 위에 쌓여지는 경험은 그 나라 언론의 수준과 신뢰성, 공신력을 올릴 수 있다.

이번에 새롭게 구성되는 22대 국회에서 한국 공영방송 시스템의 한 단계 진전을 바란다. 한국인으로서 삼성과 같은 좋은 기업을 외국에 자랑하듯이, 왜 좋은 신문사나 방송사는 꿈을 꿀 수 없는가?

(2) 포털 사이트

한국에서 대부분 사람은 네이버나 다음과 같은 포털 사이트에서 뉴스를 소비하고 있다. 과거에 집집마다 배달되던 종이 신문을 통해서 정보를 얻는 사람들은 현재는 거의 없다. 한국에서 온라인 포털 사이트는 여론 형성의 지배자가 되었고, 요즈음은 스스로 언론의 역할을 하고 있다고 인정하기도 한다. 이러한 포털 사이트의 보수 편향성과 선정성은 앞서 언급한 바가 있다.

네이버에서는 PC를 통해서는 첫 화면에서 뉴스를 볼 수 없게 만들었다고 주장하고 있으나 이것은 거짓말이다. 이 화면에는 연합뉴스가 항상 걸려져 있어 뉴스를 볼 수 있다. 연합뉴스가 뉴스 통신사이기 때문에 이 기관의 뉴스를 보여 주는 것은 중립적이며 괜찮다고 생각하는 것 같다. 그러나 연합뉴스의 내용을 보면 대부분 보수 편향적인 태도와 뉴스가 주로 나오며, 선정적인 내용의 뉴스가 나올 때도 많다.

이러한 현상이 전 세계적인 언론 소비 형태인지 궁금하였는데, 이에 대한 대답은 앞서 언급한 MBC의 프로그램 〈탐사기획 스트레이트〉는 2021년 3월 7일 보도에 해답이 나와 있다. 이 보도에 의하면, 포털 사이트를 통해 언론을 소비하는 나라는 한국이 77%, 일본 63%로 나타났고, 미국이나 영국, 프랑스, 독일과 같은 나라에서는 대부분 40% 이하이었다. 일본이 상대적으로 높은 것은 야후재팬과 같은 사이트가 있어 우리나라의 네이버와 같은 역할을 하기 때문이다.

다행히 미국과 영국, 독일에 사는 친구가 있어서 이들이 뉴스를 소비하는 방식에 대해 나름 취재를 할 수 있었다. 2024년 현재 이 나라들에 살고 있는 친구들은 다들 일정 정도의 비용을 지불하고 뉴스를 구독하고 있었다. 이런 선진국에서는 한국처럼 포털 사이트에서 압도적으로 뉴스를 소비하는 나라는 없었다. 지역 신문들은 무료로 개방되어 있는 나라들이 있었다. 이것은 세계에서 가장 유명한 검색 사이트인 구글을 보더라도 알 수 있다. 검색어 이외에는 아무런 조건이 없는 상태에서 중립적으로 내용 검색이 이루어지도록 하고 있다. 현재 한국 네이버 PC 버전은 이를 흉내 낸 것에 불과하다. 구글 뉴스를 검색하더라도 마찬가지이다. 검색해서 뉴스를 보더라도 무한정 어떤 뉴스들이 노출되어 있지 않다. 특정한 뉴스사의 내용을 자세히 보고자 하면 일정 정도의 비용을 지불하여야 한다.

한국에서 언론 개혁을 시도한다면 가장 먼저 해야 할 일은 포털 사이트를 통한 뉴스 소비에 제한을 두거나, 비용을 지불하게 해는 것이다. 한국의 언론개혁을 생각하는 사람들이 모든 노력을 통해서 먼저 변화시켜야 하는 것은 바로 이것이다.

첫 번째는 언론 보도의 품질 평가이다. 이것은 앞에서 언급하였기 때문에 덧붙이지 않는다. 포털 사이트도 이제 국민들에 의한 감시와 통제의 틀 안으로 들어와야 한다는 점을 다시 강조하고 싶다.

형식은 내용을 규정하고, 내용은 형식을 유지하는 데 역할을 한다. 한국의 신문과 방송, 포털 사이트는 모든 면에서 서로의 형식과 내용을 규정하고 있다. 앞에서 반복적으로 강조하였듯이 모든 문제는 여기서 기원한다. 우리는 뉴스와 정보를 쉽게 취득하는 대신에 다른 좋은 것들을 너무 많이 희생하고 있다. 공짜 밥을 먹는 대신에 몸에 좋지 않은 정크 푸드를 잔뜩 먹는 것과 비슷하다.

지금처럼 동시에 모든 사람이 같은 내용의 정보에 노출이 된다면 그 결과로 사회는 당연히 히스테리한 상태로 갈 수밖에 없다. 이런 식의 정보가 필요한 것은 재난이나 전쟁과 같은 급박한 상황이 있을 때이다. 그런 상황이 아닌 평상시에 모두가 같은 뉴스를 공유한다면, 그것은 곧 극장사회, 전체주의적인 여론 몰이에 좋은 밑바탕이 될 뿐이다.

언론개혁 방안 중의 다른 하나로 언론 바우처를 국민에게 지급하자는 아이디어가 있었다. 일종의 선택적 보상 방안이다. 여기서 두번째 개혁 방안인 '개별 맞춤형 포털 사이트'를 생각해 볼 수 있다.

일론 머스크는 전기 자동차를 만들면서, 추후에는 기계처럼 부품을 조합하듯이 자동차를 만들게 할 것이라고 하였다. 현재는 이러한 생각을 전기 자동차에 적용하는 데에는 시간이 많이 걸릴 것이다. 그러나 한 개인이 포털 사이트 내용을 직접 선택하는 것이 가능하도록 하는 방안은 모색해 볼 수 있다. 한국 국민과 같이 디지털 환경에 적응되어 있고 감수성이 높은 나라는 없다. 포털 사이트에서 신문이나 방송, 뉴미디어를 선택할 수 있는 권한을 개인에게 주고, 그것에 대해서 개인과 정부가 일정 정도 비용을 분담하는 것이다. 개인이 할 수 없다면 이러한 포털 사이트 내용을 선택, 제공하는 민간 IT 기업를 육성할 수 있다. 물론 이를 위해서는 다양하고 광범위한 규제 개혁 정책이 필요하다.

진보적인 언론 포털 사이트를 만드는 생각을 한 적이 있다. 위의 생각처럼 하면 이를 구성할 수 있는 다양한 방법이 있을 것이다. 보수적인 내용의 포털을 보고 싶은 사람은 똑같이 자신이 그 내용을 구성할 수 있다. 요즈음 개인이 홈페이지를 스스로 만들듯이 포털 사이트의 내용적 다양성도 가능해야 할 것이다. 이를 구현할 수 있는 관련 기술도 날로 발전하고 있는 것으로 알고 있다.

이런 과정이 성공적으로 진행되면 언론사는 소위 말하는 클릭(click) 장사를 위한 노고도 하지 않아도 된다. 클릭 장사를 하는 이유는 그 기사 옆에 줄줄이 달려 있는 광고 때문이다. 이런 방식의 클릭이 계속되는 한, 뉴스나 보도 자체의 내용이나 품질은 의미가 없어진다.

(3) 한국 사회와 조직

영국 1980년대 신보수주의 정치가 마가렛 대처는 "사회라는 것이 도대체 어디에 있는가? 개인과 국가 사이에는 아무것도 없다"라고 이야기했다. 이후 영국 신자유주의 자본주의 정책을 도입하였다. 이 정책에 반대하는 노동조합이나 시민 단체의 시위를 강압적으로 진압하는 모습을 보여 주었다.

그녀의 '사회' 파괴 활동은 처음부터 반대 그룹에 의해 심한 비판을 받았다. 처음에는 영국의 살인적인 인플레이션을 잡고 경제 영역에서 성과를 내는 듯하였다. 그러나 시간이 지나면서 정책의 한계가 다다르게 되고, 사회적 영역 뿐 아니라 영국 경제도 같이 파괴하는 결과를 낳았다. 영국이 주도하던 몇몇 경제 영역의 역동성을 잃어버리고 급기야 제조업 전반의 산업 자체가 붕괴되었다. 물론 이러한 나의 평가는 논란이 있을 수 있다.

이러한 사회적 배경과 과정을 발레를 통하여 예술 작품으로 만들어 낸 것이 〈빌리 엘리어트〉라는 연극이다. 내가 좋아하는 몇 안 되는 연극 중 하나인데 영화로도 제작되었다. 어쨌든 한 세대의 갈등과 고난은 다음 세대의 희망으로 극복된다.

사회 갈등이 심화되고 이를 국가 공권력으로 완전히 짓밟고 이것이 성공하면, 그 사회와 집단은 활력을 잃게 된다. 대처가 집권을 끝낸 지도 30년이 지났다. 사망한 지도 10년이 지났다. 우리 인류는 그녀가 살았던 시절과 또 다른 여러 위기를 맞고 있다. 기업도 건강하게 유지해야 하지만, 사회적 가치와 연대도 굳건하게 버티고 있어야 한다.

경제 활동의 가장 기본인 기업 활동과 연구, 교육 면에서 많은 변화가 일어났으며, 이와 더불어 노동의 형태도 많은 변화가 일어나고 있다. 이러한 상황에서 한국, 일본과 같은 동아시아에서 존재하던 기업의 집단 문화에도 많은 변화가 일어나고 있다. 앞에서 기업 내 소규모 집단에서의 감정적 갈등이 높아져 있다고 이야기하였다.

그래도 나는 아직 몇 가지 이유에서 이러한 기업 집단 문화의 긍정적인 면을 살릴 필요가 있다고 생각한다. 그 자체가 절대적으로 옳다는 것이 아니라, 아직 기업의 생산성 향상에 도움이 될 것이라고 생각하기 때문이다. 이것의 전제는 한국적 집단주의 문화와 개인주의의 조화에 있다. 능력 있는 개인들이 조화롭게 어우러져 일하는 집단보다 강한 힘은 없다.

앞서 우리 사회의 조직과 집단에서 너무 높은 경쟁과 긴장성이 있다고 지적하였다. 세대 갈등이나 조직 내에서의 감정적 문제 등을 해결할 수 있는 방법 중에서 고립되어 있는 개인이 할 수 있는 일은 제한되어 있다. 온라인의 여러 종류의 사이트에서 특히 많은 갈등과 혐오의 정서들이 표출되는 것은 우연이 아니다.

한국 사회의 소집단의 문제로 든 것 중에서 아동에 대한 정서적 학대에 대한 인식이 있었다. 학교에서의 훈육 문제를 논할 때 다루었으나 여기서 약간만 보충하고자 한다.

'아동의 정서적 학대'라는 말이 그동안 집단적으로 잘못 해석되고 있었음을 알게 되었다. 이 말은 다른 사람이 우리 아이가 문제를 이르켰을 때, 야단을 치고 잘못을 지적하는 것을 의미하는 것이 아니다. 이 정도는 그냥 훈육의 수준으로 생각해야 한다. 이전부터 학교에서 이 단어가 크게 오용되고 있음을 알게 되었다.

정신의학 교과서에는 '아동의 정서적 학대는 아동건강 및 발달에 해를 끼치는 정서적 학대 행위로 아동에 가해진 신체적 구속, 억제, 감금, 언어적 또는 정서적 위협, 기타 가학적 행위를 포함한다'고 되어 있다.

소아과 의사나 정신건강의학과 의사는 이러한 정서적 학대가 지속적이고 아동의 불안이나 두려움이 객관적으로 확인이 될 때 이 판단을 내린다. 당연히 신체적 검진을 하며, 심리검사를 통한 평가도 한다. 이런 불가항력적인 힘이나 지속성, 객관적으로 확인되는 증거가 있는 경우, 우리는 정서적 학대라고 말하는 것이다.

이러한 증상에 대한 원인을 표현하는 말이 법적인 언어가 되고 일반 사람에게 전해지면서 언어가 잘못 해석되고 심하게 오남용이 되었다. 아동에 대한 정서적 학대는 있어서는 안 되지만, 이 언어가 남용되는 것도 아동의 정서적 훈육, 발달에 도움이 되지 않는다.

한국 역사의 고난과 한국 경제의 압축적 발전은 우리 사회에서 국민들이 십단석으로 정리했어야 하는 많은 점을 놓치고 지나갔다. 이를 보완하기 위한 우리 시민들의 많은 노력이 있었고 그것은 곧 여러 형태의 시민단체 활동으로 발전하였다.

나는 이러한 사회적 필요성에 의해 만들어진 시민단체의 의미도 중요하게 생각한다. 이러한 시민단체들은 경제 활동에 몰두하면서 살고 있는 대다수 시민에게 우리 사회에 빠져 있는 구멍을 메워 주고 여러 가지 좋은 삶의 영양분을 제공한다. 특히 우리 사회가 급속히 발전하면서 생긴 사회의 긴장도와 갈등을 조절하는 데 역할을 하며, 미래에 우리 사회의 인간 생존의 가능성과 낙관성을 높인다.

그러나 최근 이러한 사회단체 활동에 대한 필요성과 중요성에 대한 인식이 많이 떨어지는 경향도 있는 것 같다. 이러한 단체들의 활동을 통하여 사람들의 연대와 협조는 우리 사회의 건강성을 높일 것이다. 급속한 경제 발전으로 놓치고 있었던 것 중에는 경제적 정의나 지배 구조, 노동문제, 장애인 인권, 환경 문제와 같은 것이 있으며 새롭게 올라 와 있는 문제는 기후 위기, 일본 방사능 오염 문제, 국제 구호 단체 활동과 같은 것이 있다.

(4) 일상적 인간관계와 소집단

지난 2022년 10월 29일 이태원 참사 이후, 그 장소에 있던 외국인 학생 몇 명을 외래에서 진료한 적이 있다. 사건 때문에 불안, 불면 등의 증상이 생겨 간단한 정신건강 검진을 하고 처방까지 한 학생이 있었다.

모로코 출신 한 여대생이 기억에 남는데, 가까운 거리에 정신건강의학과 전문의가 있어 검진받는다는 것에 대해 신기해했다. 3번쯤 방문하여 여러 가지 이야기를 나눌 수 있었다.

이 학생은 한국에서 특이하게 느낀 것이, 한국인은 불면증 환자가 많은 것 같다고 하였다. 그러면서 자기 나라, 모로코에는 불면증 환자가 없다고 하였다. 정확히 이렇게 말하였다. 모로코에서 "자신과 자신 주변에 잠을 못 자는 사람을 본 적이 없다"고 하였다. 자신도 이태원 참사 이후 불면을 처음 경험하였다고 하였다. 회복력이 좋아 바로 일상으로 돌아갔다.

이와 비교를 해 보면 역시 한국은 청년 시절부터 기본적인 일상과 과업에서 심리적 불안이나 긴장이 다른 나라에 비해 매우 높은 것으로 생각된다. 이러한 일상의 부담을 줄여나갈 수 있는 방법을 찾아야 할 것이다. 학생들이 공부하면서 지식을 습득하는 것은 어쩔 수 없다고 하더라도 사회가 먼저 변화하면 되지 않을까 생각한다.

'저녁이 있는 삶'이라는 구호를 기억하는가? 조금 적극적인 방법으로 정규 노동 시간의 축소도 고려해 볼 수 있다. 일의 강도를 줄일 수 없으면, 쉬는 시간을 늘리는 것이 한 방법이 될 것이다.

현 정부의 초대 외교부 장관이었던 박진은 정부 출범 초기에 우리 사회의 "too much democracy"가 문제라고 이야기한 적이 있다. 보수주의 정치인 중에서 그래도 좋은 평가를 받는 그가 우리의 민주주의가 너무 과잉이라고 생각하지는 않았을 것이다. 그가 이야기했던 상황에서 해석하면, 나는 우리 사회가 너무 소란스럽고 감정적인 것이 아닌가 하는 의미로 들렸다. 내가 여기서 제기하는 주제 의식과 비슷하지 않나 해서 기억을 하고 있었다. 그러나 사용한 단어는 틀렸다. "too much democracy"가 아니라 "too much hystery"가 문제이다.

먼저 우리 일상적인 인간관계에서는 사람들 간의 여유와 거리가 좀 필요하다고 생각한다. 건강한 공동체를 만들기 위한 노력들이 필요하다.

온라인의 인간관계가 활성화되면서 '선플 날기 운동'이 있었다. 지금은 어떤 상황인지 모르겠지만 현재 온라인 공간은 여러 악성 댓글에 대해 대응하는 데에도 힘이 드는 모습이다. 일상생활에서 인간관계는 여기서 말할 것이 없다. 유튜브에는 이에 대한 조언으로 가득 차 있으며, 개인들은 자신에게 맞는 좋은 내용의 인간 관계 기술을 찾아낼 수 있다.

사회생활에 지친 개인이 할 수 있는 것으로 정신건강의학과에서는 불교적인 방법을 많이 권유한다. 호흡이나 긴장 이완, 명상, 요가와 같이 인도에서 발전된 여러 방법은 우리의 신체와 정신을 안정시켜 준다. 그러나 이를 배우고 습득하는 데에는 시간과 비용, 심적인 결단이 필요하다.

요즈음 사회적으로 정신의학의 개념이 남용되는 것이 더 있다. 우리 생활의 고단함과 인간관계의 갈등 정도를 보여 주는 것 같아 예를 들어 본다. 하나는 분노조절장애이며 다른 것은 성인 ADHD이다.

분노조절장애는 진단이 아니라 '화를 충동적이거나 잘 낸다'는 증상을 의미하는 것이며 정신건강의학의 여러 질환에서 나타날 수 있다. '간헐적 폭발성 장애'라는 진단명이 있기는 한데, 이것은 현재 분노조절장애라고 부르는 것과는 조금

결이 다른 질환이다. 병명을 가진 진단을 내리면 자신의 책임으로부터 회피가 된다. 인간관계에서 갈등을 일어나도 이것으로 설명하면 되기 때문이다.

성인 ADHD는 소아기 때 증상이 전제가 되어야 하며 단순히 업무나 공부를 하는 데 집중력이 떨어지는 것을 의미하지 않는다. 성인 ADHD로 판단하고 외래로 찾아오시는 대부분 환자는 불안이나 우울 장애의 결과일 가능성이 많다.

앞에서 이야기한 『커밍업 쇼트』라는 책에서는 MZ세대의 이러한 정신건강에 대한 관심을 '무드(mood)경제'라는 용어로 접근하였다. 한 번 중요하게 생각해 볼 만한 주제이었다. 여기서는 다루지 않는다.

성인에서 일상적 인간관계는 스스로 잘해 나가는 수밖에 없다. 우리가 초등학교에서 처음 철학에 대해서 배울 때 소크라테스의 말로 시작을 한다. "인간은 사회적 동물이다."

가장 보편적이고 중요한 것은 가장 먼저 배우는 법이다. 우리가 정상적인 사회적 관계를 맺는 동물이 되기 위한 모든 노력을 다해야 할 것이다.

우리의 언론도 이에 올바르게 기여하는 방식으로 자신의 역할을 해야 할 것이다.

마치는 글

마치는글

언론을 통한 히스테리적 여론 조성은 사회와 정치 영역에서 낯선 일이 아니다. 이 책은 우리 역사와 사회에서 있었던 부정적인 측면만 주로 언급하였다.

책에서 서술하지 않았지만, 언론이 긍정적인 측면으로 여론을 유도하여 국가적 위기를 극복하기도 하고, 한국의 산업화와 민주화에 기여하기도 하였다. 우리 국민은 식민지 이후 두 가지에 모두 성공한 유일한 국가로서 자부심을 가지고 있다. 세계적으로 좋은 기업들도 많이 활동하고 있으며 이에 대한 국민의 자긍심도 높다. 이 책에서 그런 측면을 잘 표현하지 못하여 아쉬운 마음이 있다.

사회적으로 문제가 된 히스테리적인 문제는 가수 타블로를 장기간 괴롭힌 '타진요' 사건이 있었다. 그것은 '타블로의 진실을 요구합니다'라며 타블로라는 가수의 학력 위조에 대해 의혹을 제기한 사건이다. 그는 자신이 졸업한 스탠포드대학에 다닌 증거를 보여 주고, 몇 차례 방송도 하며 이러한 의혹이 거짓인 것을 증명하기 위해 노력하였다. 그러나 그들은 자신들의 의혹을 거두지 않았고 결국 재판까지 간 사건이다.

이 사건으로 우리는 결국 재능있는 음악가 한 명이 사라지는 과정을 목격해야 했다. 이처럼 한 개인에 대한 히스테리적 방식의 공격은 그 사람에게 커다란 상처를 남긴다. 최근에 복귀 움직임이 있으나 과거의 그 발랄했던 재기를 다시 볼 수 있을지 의문이다.

과학계에서는 황우석 박사 논문 표절 사건이 있었다. 인간에서 체세포에서 생식세포로의 전환을 통한 수정이라는 커다란 목표에 성공하는 듯하였다. 그러나 이때 BRIC(Biological Research Information Center, 생물학연구정보센터)라는 단체에서 이 논문의 표절을 발견하였다. 좋은 일은 생각처럼 쉽게 일어나지 않는다.

그러나 황우석 박사는 이러한 표절에 대해 애국심 때문에 그랬다는 둥, 대중을 동원하여 지지자를 모으는 등 본질적인 것과 상관없는 행동을 하였다. 그 조작에 대해 자신의 책임을 부정하고 문제의 핵심을 회피하려는 모습을 보였다. 각종 음모론이 횡행하기도 하였다. 논문 조작 이후 그가 보인 행태은 전형적인 히스테리적 모습이었다. 결국 국내외 학계에서 퇴출되었다.

노무현 대통령의 퇴임 이후 있었던 히스테리적 공격은 한국 현대사 최고의 비극을 맞았다. 재임 시절에도 노무현 대통령의 정책과 정치 행위에 대한 언론의 공격은 너무 심하여, 노무현 때리기는 전 국민의 스포츠라는 말도 유행하였다. 흔히 '논두렁 시계' 사건이라는 불리는 퇴임 이후의 그 과정은 정말 우리 현대 정치 및 언론의 역사에 가장 심각한 오점이 되는 사건 중의 하나이다. 아직 뉴미디어 대안 매체들이 발전하기 전, 신문과 방송이 힘을 발휘하던 시기에 그 언론의 '광기'는 지금 생각해도 말이 되지 않는다.

그러나 지금까지 아무도 노무현 대통령의 서거에 책임지지 않는다.

나는 이 책을 먼저 민주적이고 상식적인 생각을 지닌 우리의 시민들이 읽었으면 한다. 앞에서 언급하였듯이 한국에서 민주적이고 상식적인 시민이 되는 것은 어려운 일이다. 뉴스도 편안하게 읽지 못하고 스스로 잘 걸러서 읽어야 한다.

나는 민주적이고 상식적인 시민이 언론에서 제공하는 뉴스를 보면서 품질이 낮은 뉴스의 성격을 잘 파악할 수 있었으면 한다. '거짓뉴스'이거나 '일방적으로 편을 들어 주는 뉴스'와 더불어, '히스테리성 뉴스'도 알아챌 수 있는 새로운 시각을 가졌으면 하는 것이다.

두 번째는 민주적이고 상식적인 젊은 기자들이 이 책을 읽어 주었으면 한다. 그들의 손에 이 책이 닿기를 간절히 바란다.

책의 내용은 민주 시민들이 직관적으로는 느끼고 있는 언론의 문제 중에서 심리학적 관점에서 해석, 차용할 수 있는 개념으로 설명하기 위해 노력하였다. 그러나 내가 제안하는 새로운 '사회적 언어'들이 잘 받아들이지 못할 것 같은 걱정도 된다.

그것은 너무 오랫동안 우리의 언론이 저널리즘의 본연의 모습을 잃은 채로 뉴스와 정보를 생산해 왔기 때문이다. 그 중의 하나가 히스테리적인 방식의 보도이며, 이에 너무 적응되어 있지 않나 하는 것이다. 그러나 히스테리는 일반인들이 논리나 언어로 설명되지 않고 감각적으로 알아채는 경우가 많다. 그래서 책을 읽지 않고 제목만 보아도 이해가 되는 듯한 느낌을 줄 수 있다.

강조하지만 히스테리 언론은 지속적이고 완고하게 자신의 이익에 맞게 뉴스와 정보, 기대를 생산해 낸다. 그리고 그 히스테리 뉴스는 부분적 사실, 거짓, 환상에서 세워진 모래탑과 같다. 이러한 체계는 완강하게 오래갈 것 같이 보이지만 결국 무너지게 되어 있다. 이제 그 시간도 멀지 않아 보인다. 우리의 민주적이고 상식적인 시민들이 노력한다면 현실의 땅에 굳건히 세워져 있는 좋은 성벽 하나는 만들 수 있을 것이다.

책의 내용에서 과거의 사례들을 많이 들었으나, 실제로는 다음에 등장할 민주 진보 정부를 위해 쓴 글이다. 이 책은 지난 정부 시기 언론에 의해 어떻게 공격을 받았는지에 대한 일부 기록이기 때문이다.

언론과 포털 사이트에서 생산하는 무수한 거짓 뉴스와 히스테리성 뉴스에 대해 적절히 대응하지 못한 것이 많이 아쉬웠다. 다음 민주 진보 정부는 그렇지 않았으면 한다. 언론의 이러한 다양한 방식의 공격에 대해서 이해하고 준비하는 것이 필요하다. 일시적으로 정치 지형에 따라 언론이 변화할 수는 있지만, 구조적으로 현재의 언론 지형을 바꾸는 것은 단기간의 노력으로는 불가능하다.

그래서 일단 히스테리 뉴스에 대한 이해와 더불어 우리 진보 진영의 이야기를 설명하고 논리에 대처할 수 있는 풍부한 새로운 '언어와 개념, 비유'를 만들어야 한다. 과거 유시민 작가는 이명박 정부의 4대강 운하 사업에 대해서 '아름다운 동화 같은 이야기'라고 하면서 그 이상한 이야기의 반대 논리를 정리해 주었다.

현재는 그 시기보다 더 나쁜 언론 환경에 놓여 있다. 단 하나의 소재가 아니라 언론의 여러 주제와 보도 태도에서 후퇴가 일어나고 있다. 뉴미디어라는 새로운 물결이 있기는 하다. 그러나 과거보다 더 많은 민주 진보 진영의 논리와 이야기, 건강한 극장을 만들어나갈 수 있어야 할 것이다.

민주 진보 정부가 들어서고 언론의 사회적 건강성을 회복하는 날이 언제 오게 될지 모르지만, 나는 이 책이 과거에 대한 반성이 아닌 그 미래를 위해 읽히기를 바란다.

정신건강의학과 의사의 사회문화 비평

히스테리 언론과 극장사회

초판 1쇄 펴낸 날 / 2024년 6월 20일
초판 2쇄 펴낸 날 / 2024년 8월 13일

지은이 • 이동은 | 펴낸이 • 임형욱 | 디자인 • 예민
펴낸곳 • 행복한책읽기 | 주소 • 서울시 종로구 창신11길 4, 1층 3호
전화 • 02-2277-9217 | 팩스 • 02-2277-8283
E-mail • happysf@naver.com
배본처 • 뱅크북(031-977-5953)
등록 • 2001년 2월 5일 제2014-000027호
ISBN 979-11-88502-29-5 03180
값 • 19,000원